Seba・蝴蝶

Seba・蝴蝶

蝴蝶館 80

# 司命書

## 參

蝴蝶*Seba* ◎ 著

elegantbooks

Seba・蝴蝶

# 目次

命書卷捌

# 「最有名的命書」

濃重起床氣的準人瑞無言的看了看自己明顯是孩童的手，撩開床帳的一角。坐在腳踏的是個六、七歲的小姑娘，睡到流口水。

此刻紅寶石戒指的加強檢索發揮作用，這小姑娘名叫雪雁。

……原來不是床在晃，而是根本就在船上。

準人瑞立刻硬了……拳頭硬了。在起床氣加成下，又被莫名塞進任務世界的怒火，讓她很想跟黑貓談談——用拳頭。

但是她的怒火立刻就熄滅了。因為一個老太太搖搖晃晃的走進來，將雪雁搖醒，低聲的罵了她幾句……這位老太太叫做王嬤嬤。

準人瑞立刻放開床帳，背過身去並且緊急打開記憶抽屜。這個任務有個很稀有的標籤——「最有名的命書」。

然後，此界原身的名字，姓林名黛玉。

一定是我打開眼睛的方式不對。準人瑞默默的閉上眼睛。這絕對不是《紅樓夢》，一定有什麼地方搞錯了。

其實她明白，應該就是那本她足足看了四十遍，熟到不能再熟的《石頭記》。原身就是擁有萬千粉絲的病美人林妹妹。

但是她不想面對現實。她決心要消極怠工。

不，她要罷工抗議。她受夠了柔弱病人這款了。

想到上個任務，不禁怒火高張。以為她想要隱忍，想要用智商完爆狗男男嗎？錯了，大錯特錯。

其實她最想幹的就是將那兩貨掄牆掄到精神錯亂，然後親手將他們送入精神病院。如果掄牆沒辦法達成，她也有一萬種手段逼他們發瘋。

其中她最青睞的就是，錄音室什麼的，改裝什麼的。連道具都想好了，精神病患常用的束縛衣就很不錯，控制行動又不帶傷。連親自刑求都不用，扔點果凍將兩貨關小黑屋，十天半個月就能收穫兩個精神病了。

可即使她有健康屬性這個作弊金手指，始終健身不懈怠，直到跟蟲后一起死，體質還是D-，頂多能跟狗男男當中一個釘孤支，兩個一起上……她只能力求全身而退。

她受夠了病弱。受夠了有氣只能憋著，受夠了想要幹點什麼都得榨腦漿迂迴宛轉。

受夠了手無縛雞之力的惶恐和無力。

然後黑貓（？）趁她睡死將她送到紅樓世界，原主還是行動吐兩口血的林妹妹。

罷工。絕對要罷工到底。

然後準人瑞猛然睜開眼睛，潸然淚下。

喔，花崗石似的準人瑞當然不是氣哭，也不是想起來該還淚滴兩滴水……她之所以突然將紅樓夢束之高閣，就是長大到發現紅樓滿滿的槽點。

林黛玉和賈寶玉的糾葛起源於前世。林黛玉是絳珠草一株，賈寶玉則是神瑛使者，對絳珠草有灌溉之恩，所以同下凡還一生之淚。

最奇妙的就是這個，絳珠仙草長在哪兒呢？西方靈河岸邊，三生石畔。

試問，一、岸邊植物缺水的可能性？二、過度澆水對植物的危害。

雖然說，每次提到仙草，準人瑞第一個想到的總是仙草冰。可真正讓她對紅樓夢熱情消滅的第一步就是她開始種花，終於發現神瑛使者將絳珠仙草灌出水傷的可能性。

咳，離題了。

準人瑞其實是喜極而泣。歷經上個任務懷孕生產死掉一次，之後發現原主身體經脈脆弱細小的打擊後……發現史上第一病弱美人的根骨居然還在中上，讓她怎麼能夠不喜哭。

是的，此時的林妹妹八歲，正在赴京途中。

她的身體很弱沒錯，肺經也有先天的瘀塞，心經也不怎麼妙。果然是水傷……前世澆出毛病來了。

但這對準人瑞算是個事？別傻了，此界有中藥行啊中藥行！再說，林妹妹這孱弱的身體什麼武功都太為難……獨獨超級適合無雙譜啊!!

這就是最好的嗎？不不不，只有更好沒有最好。

林妹妹此刻還原成絳珠仙草的本體，小小一株待在左心室。雖然本體損傷極大，但終究曾是絳珠仙子，以致於體內殘留一絲仙靈之氣。

此界靈氣日衰，想憑藉這絲仙氣有什麼修為，那是太難。但是因為有這麼一點仙氣，在琴娘世界猛泡圖書館的價值就能發揮了。

那時她真心想要修煉神棍技能，所以狂啃了許多凡人使用的符籙學和陣法學。

唯一失算的就是，琴娘世界的「凡人」，最低也是練氣期……孟蟬世界哪來倒楣的氣。

現在可以用上了。準人瑞心懷一寬，頓時豪情壯志。

只是，為什麼會選我來執行林黛玉的人生？準人瑞躊躇了。這個性太南轅北轍了吧？

瞧瞧可憐的琴娘，從身世飄零的絕世豔姬到掄牆技能滿點的霸王龍，只用了不到二十年的光陰……她離開的時候，已經沒人注意琴娘的容貌了。

鬧花照水的林妹妹……讓她執行只會變成參天英雄樹。

這人設未免太崩。

準人瑞只擔心了一秒，就決定叫人設去死。

仔細想想，紅樓夢的確有很強烈的命書特徵。亡失的後四十回，說不定是曹公心有所悟，故意不寫完的。不過這也只是猜測，檔案內並沒有記載。

林妹妹的一生飽經磨難，八歲喪母，由外祖母教養，十一歲時喪父。外祖母本來和亡父有協議，要將她嫁予表兄賈寶玉，但賈家吞了林海（黛玉父）兩、三百萬的家私，卻讓賈寶玉娶薛寶釵。

到這裡原版和改版幾乎沒什麼差別。

原版裡，賈寶玉和薛寶釵成親，之前重病的林黛玉被送去尼姑庵「養病」。心灰意冷下，她強撐病體在後山林中投繯自盡，只求「質本潔來還潔去」，沒想到獲救，拜在一個高人門下，最後還隨師遠渡重洋十餘年，回來的時候帶了半船的書。出家為女冠，廣授門徒，是該王朝數理萌芽第一人。影響相當深遠。

但是改版裡，黛玉焚稿吐血而亡。

雖然因為權限不足，所以不知道黛玉夭亡到底有什麼影響，只能大致的推測，林妹妹成了林先生，應該在遙遠的壞空占有舉足輕重的地位，她的早死導致未來崩毀了。

這個命書雖然很有名、來頭很大，但應該很簡單才對。只要讓林妹妹度過死劫，不就好了？

但是有十七個執行者任務失敗。

這十七個執行者除了兩個實在太兩光，死劫都沒能逃過……其他的都成功度過，有八個成功成為高人的弟子，甚至還出了一個女皇帝，文明也照原版推進了……但還是判定任務失敗。

準人瑞摸不著頭緒。但是檔案特別標註任務失敗不扣分，她也乾脆的不費心。

真正讓她費心的是怎麼開出合理的培元丹減方。林妹妹這嬌喘微微的孱弱身體，用完整的培元丹……她大概可以直接回去揍黑貓，什麼心都不用費了。

但減方再減方，甚至放棄炒丹喝湯藥……第一服還是讓林妹妹吐血了。王嬤嬤大腿一拍，哎唷一聲，「姑娘欸，我白操半輩子心了！」就哭開了。

還不如只有七歲的雪雁，最少她還知道衝出去拜託船家找個大夫。

準人瑞喘嗽定了，吐出那團冒寒氣的瘀血，呼吸終於順暢。雖然手段稍微有點激烈，所以她現在也真的虛弱。

虛弱的人最怕吵，王嬤嬤還在旁邊哭夭。

準人瑞虛聲喝道，「閉嘴。」

艙內倏然一靜，朦朧軟弱的霧氣中，蟬鳴森森。王嬤嬤像是被掐脖子似的安靜下來。

咦?!她是怎麼把蟬鳴領域帶過來的？對人類應該沒什麼用啊怎麼回事……

準人瑞沒力氣想太多，藥力太凶猛，直接打通肺經對身體是很傷的，病是去了但是命也去了半條……她很需要休息。

她是安然睡去了。但是王嬤嬤被陰森森的蟬鳴嚇得站都站不起來，最後用爬的爬出了姑娘的船艙。

對年幼的丫頭雪雁而言，只是虛驚一場。姑娘吐了那麼多的血，卻只是有點虧損，連胎裡帶來的老病根都好了大半。她眼淚漣漣的跟準人瑞說，「一定是太太保佑姑娘的！一定是！靠岸的時候得給太太燒香，還得多燒點紙錢！」

……就當是賈敏，林妹妹她娘的庇護吧。

這水路還走了三分之一而已，剛剛出了熱孝（百日內）。接下去就是另一個槽點……按理說，母親賈敏過世，林妹妹應當守孝三年……也就是說最少要守二十七個

月。（此界禮法）

從此刻起，有兩年實打實的守孝期。

守孝期有一套嚴格的穿著、起居規定。但是口口聲聲疼愛賈敏和林黛玉的賈母，一天都沒讓林妹妹好好守孝啊喂。

這對林妹妹的名聲造成了致命一擊。誰也不會去想她才是個八歲的孩子，只會覺得她是個生母亡故才三個月就穿著鮮豔的服飾，參與宴會吃吃喝喝兼聽戲的不孝女。

雖然準人瑞還是想執行出家路線，卻也沒打算讓人這麼抹黑林妹妹，是吧？

不過這些都不算事。自從吐出那口瘀血後，無雙譜的進度一日千里。雖然說囿於時日和年紀，現在不過是林玉芝大小姐半成不到，但是震懾奴僕已經綽綽有餘。

她也成功的接收了王嬤嬤手裡的緊急預備金五千兩。

手裡有錢，心底不慌。五千兩的銀票捲一捲塞在紅寶石戒指特別安全。雇兩個裁縫買些布料一路跟隨，做些素服是很便宜的，榮國府不為她準備守孝的衣物雜什，準人瑞自己準備。

至於送黛玉入京的啟蒙老師賈雨村，不用管他。面對面教了林妹妹一年多，也只把林妹妹當晉身階敲門磚，現在就講究男女大防……事實上就是林妹妹對他沒用了。

準人瑞還是奉行簡單粗暴原則。

可這小身板說是八歲，可憐見的瘦小得說是六歲都有人信。所以她忙著調理身體，練無雙譜，並且練習畫符。

小蘿莉雪雁一無所知，異常呆萌的跟前跟後，端茶磨墨，整天笑呵呵的，只高興姑娘晚上都不咳嗽了，吃得下、睡得著。

王嬤嬤嚇得要死，又心疼被掏出去的五千兩，更害怕姑娘是不是鬼上身，非常操心，不知道能對誰講。

靠岸時，小心翼翼的拐姑娘去上香，一點事兒的沒有。偷偷給姑娘喝符水，姑娘面不改色一飲而盡……同樣屁事都沒有。

準人瑞知道王嬤嬤完全不敢在她跟前，卻會偷偷地從門縫看她。

那又怎麼樣？

還不准人遭逢亡母巨慟性情大變啊？反正這奶娘屁用都沒有，林妹妹在榮國府過得不舒服，她連頭都不曾出一出。

嚇嚇她也不錯。最少在左心房一直很緘默的絳珠仙草，難得的舒展，情緒很是愉悅。

* * *

直到上岸，準人瑞終於將林妹妹的身體調養得差不多。有健康屬性作弊下，胎裡帶來的病根盡去。雖然還不能飛簷走壁，總算是抵達健康及格線，畢竟年紀還小，一切都來得及。

約莫一、兩年好好鍛鍊，掄個大漢沒有問題。

只是數年積弱，幾個月哪能完全調養過來。所以還是細瘦得很，只是蒼白的臉龐有些血色罷了。

抵達榮國府，一路乘轎進去，她表現得很泰然自若。是啦，非常崢嶸壯麗，但又怎麼樣呢？準人瑞大人什麼沒見過啊？

而且她稍微有點暈轎子。轎簾終於打起來的時候，她暗暗吐了口氣。揚眼一看，唷，只見幾個穿紅著綠的丫頭迎上來。

……賈母這心可挺寬。女兒死沒幾個月，就讓丫頭穿得這麼熱鬧。王嬤嬤和雪雁到現在還是穿素服呢。

（這裡的素服倒不是純白，而是顏色素淡的服裝）

到別人家當然不能太晦氣，所以準人瑞穿著淺灰，佩戴銀飾。賈母一見到她就摟著她大哭，準人瑞也潸然淚下。

……馬的，薑汁煮過的手帕乾了是不會透出味道，但是超級辣眼睛啊！準人瑞不由自主的痛哭流涕，引得賈母多哭了好一會兒，哭得差點昏過去……這辣眼睛也值得了。

林妹妹的悲劇有一半多是賈母造成的。

在男女七歲不同席的古代，賈母居然將林黛玉和賈寶玉養在碧紗櫥內外。簡單說就是同房，只隔一個碧紗櫥。真心氣笑，她怎麼不把探春和賈寶玉這麼養，他們還是親兄妹呢。

從八歲住到十三歲，才搬進瀟湘館。哇靠，這傳出去能聽嗎？在禮教都能吃人的古代，林妹妹除了嫁給賈寶玉，還有活路嗎？

明明是賈母主導這一切，還要他們相親相愛，可後來要換孫媳婦了，卻又責備黛玉如果有這樣的想頭，就是「白費疼她的一片心」。

不就是修大觀園把林妹妹家的兩、三百萬花乾淨了嗎？林妹妹沒有用了，換個家私巨富的寶姐姐。

老太太的算盤真是打得錚亮。

不討點債準人瑞過不去自己的那一關。

可惜太快被勸住了。準人瑞扼腕。

見過王夫人和邢夫人，也見過了三春，又見到鼎鼎大名的王熙鳳。她倒沒有什麼特別喜惡，只覺滿眼皆是可憐人，雖然各有各的可恨之處，但更多的是可憐之處。

果然一個家庭的主母太重要了，一個不慎禍延三代。在準人瑞看來是非常簡單的人口結構，賈母也能領導到最後抄家敗落，真是本事。

賈母就生了兩個兒子一個女兒。最小的女兒不用說，賈敏，正是林妹妹的生母。

老大賈赦，林妹妹的大舅舅，襲爵一等神威將軍。最離奇可笑的就是，他幾近分府的被擠到馬棚邊的院子，還是從花園隔斷的。出入得從自己家的黑油大門乘車，過外面街道，然後才從角門進到正房這兒跟賈母請安。

娶妻邢夫人，是續弦，沒有生育。前頭的夫人留下一個兒子，就是賈璉，王熙鳳他老公。

老二賈政，林妹妹的二舅舅，在工部當個五品小官二十年原地踏步，這也算是另類的本事。可他這小官卻住在榮禧堂……說難聽點就是次子竊居正堂，那應該是襲爵人才能住的。就算不住，也輪不到他這微末小官的次子住。莫怪人稱假正經。

娶妻王夫人，生子賈珠（已亡），生女賈元春（在宮當女史），同時也是賈寶玉的生母。

光一個住處問題就看得出來賈母的偏心眼到什麼程度。照賈母的話來說，賈赦荒唐好色沒出息，賈政好讀書又當官有出息。

事實上，她養了兩個兒子全是廢物，二哥別笑大哥，這個成材率居然全軍覆沒。賈政好讀書？讀了一輩子也沒考出個子丑寅卯，最後還是他爹要死了上遺折才給他求了個官，而且二十年原地踏步。

真看不出哪裡有出息。

說起來，她還比較喜歡赦大舅。雖然好色荒唐，卻是個稍微有人性的人。比起逼死親生兒子賈珠的賈政，她還是喜歡偶有人性光輝的賈赦。

所以她對大舅媽邢夫人特別尊重有耐心，邢夫人一臉驚嚇的受寵若驚。

沒事兒。感情都是處出來的。如果感情處不出來，那銀子到位也就有感情了。慢慢來，不急。

至於二舅媽王夫人，就隨便了。反正彼此都不喜歡對方。

晚餐後，重頭戲來了。

賈寶玉初見林黛玉。

哇靠，穿了一身大紅、滿身金玉的……小屁孩。那當然，賈寶玉此時……九歲。果然「面若中秋之月」，那臉真的是正圓啊！用圓規畫才能這麼圓！

嗯，你親姑姑死了欸。我記得……你也得服九個月的大功？不服無所謂，最少別穿大紅扎眼啊。

在左心房的仙草微微顫抖了一下。懊悔和自責的情緒蔓延。

準人瑞撫了撫心臟所在。沒有什麼好自責的，那時妳才八歲，千里迢迢的來到陌生的榮國府，都沒人想到讓妳歇一歇。沒有注意到這些……也是應該的。

就算注意到，又能怎麼樣呢？

但是不用怕，歷史不會重演。

賈寶玉笑著說，「這個妹妹我見過的。」

準人瑞連眼皮都沒抬。又是槽點之一。撩妹的是個九歲屁孩……只要想想這些主角的年紀就會累感不愛。

反正他們祖孫講得高興，她樂得閒閒。

可賈寶玉問她了，「可曾讀書？」

來了，戲肉來了。

準人瑞頂著蘿莉皮，泰然自若的說，「四書粗粗讀通，史書略覽。現在正在讀道德經，並且旁涉周易。經濟時文，才學到破題。」

一室俱靜，落針可聞。

賈寶玉目瞪口呆，好一會兒才說，「妹妹好好的清靜女兒……」

準人瑞才不要聽他關於祿蠹的謬論，直接問道，「表兄比我年長，想來只是班門弄斧，不及兄多矣。」

這話題尷尬，實在太尷尬。賈寶玉一個萬年逃學的主，勉強念完論語，還是因為論語最短。四書是什麼？史書是什麼？除了些豔詩情詞閒書，其他真不要問他。

還是王熙鳳打趣說笑岔了過去，不然還能更尷尬。

沒想到，賈寶玉越挫越勇，臉孔燒紅褪了又上來問有無表字。

啊呸。你不懂什麼叫做待字閨中？成語故事都沒讀通，比我養過的兒子女兒都糟糕。

「有。」準人瑞面若玄霜，「表字淵月。深淵照月。」

其實老娘的道號曾經就叫淵月，還是仙君呢……這我會跟你講嗎？

賈寶玉搖頭，「這字不好，太清冷凌厲了。我送妹妹一妙字……」

準人瑞立刻打斷他，「表兄慎言。吾母雖逝，吾父尚存人世，取字不勞他人。」

他還想說，準人瑞放出效果非常微弱的蟬鳴領域。雖然相差孟蟬世界甚遠，連百分之一都不到，可讓賈寶玉加冷笥是綽綽有餘的。

誰要他取那個倒楣表字「顰顰」。

事實證明，賈寶玉就是個沒眼色的死小孩。他問準人瑞有沒有玉，非常不耐煩的準人瑞硬邦邦的頂了兩個字，「沒有。」於是經典的摔玉發生了。

寶玉立時發瘋的揚高手摔玉，「什麼罕物……」

結果那塊通靈寶玉半空中就讓準人瑞攔截下來。

她是很淡定，但是她此時是俱希世之俊美、這點年紀就美麗出塵的小蘿莉林妹妹，舉重若輕的飛身接玉……對這群內宅婦女實在太刺激了！

將通靈寶玉交到賈母手裡，淡淡的說累，告退了。

直到她進了碧紗櫥，所有的人依舊寂靜無聲。

準人瑞是真心累。她上個任務靈魂舊傷導致的虛弱，和這具身體的年幼孱弱，讓她精力著實不濟。

千里迢迢到了京城，才下船就這拜訪那拜訪足足一天。滿屋子大人就沒個人體諒一下體弱多病的小女孩，真是夠了。

碧紗櫥內其實還沒收拾完，準人瑞哪管那些，床鋪有褥有被有枕頭，床帳換好沒有重要嗎？再沒有什麼比睡眠更重要的，沒睡飽後果很嚴重。

結果真的很嚴重。

賈寶玉睡醒連梳洗都沒有，直接竄進碧紗櫥。意圖幹些什麼就不知道了，總之準人瑞睜開眼睛時，那張大餅臉離她超近。

真的不要惹有嚴重起床氣的人，尤其內裡還是個老妖怪準人瑞。掄成年人有問題，但是掄個小屁孩還是相當輕鬆寫意的。

於是賈寶玉突然「飛」出碧紗櫥，一個屁股墩坐在地上。好一會兒才哇的一聲哭了起來，讓賈母房內一清早就異常熱鬧。

準人瑞翻個身繼續睡。不是吃飯皇帝大，睡覺比皇帝還大。

此時只有王嬤嬤和雪雁在碧紗櫥內觀看全程，但是準人瑞動作太快，她們根本沒看清楚寶玉為什麼「飛」出去。

但是她們也沒人去叫醒準人瑞，雖然心情截然不同。雪雁崇拜得直接晉升姑娘腦殘粉，王嬤嬤腿軟的扶牆而出。

這一定是鬼上身啊！王嬤嬤欲哭無淚。但是她不敢說。這種事不管有沒有，身邊的人妥妥滅口的命。除了相當鴕鳥的一天拖過一天，她實在沒有更好的辦法。

當然這事兒還是不了了之。賈母將黛玉喚來，瞧著她那小身板啞口無言。

這麼面薄身弱的小姑娘要怎麼將個壯實的小男孩從床邊擲出碧紗櫥？這太不科學了……雖然賈母不知道什麼是科學。

但毫無可能豈不是更可怕？恐怖到牽涉鬼神之事……膽子很小的賈母嚇病了。以致於暫時沒有心思替黛玉配齊丫頭嬤嬤。原名鸚哥，後來改名為紫鵑的大丫頭也還沒來到身邊。

準人瑞打定主意不要紫鵑，她對黛玉之死也必須負部分責任的。

或許她對黛玉很忠誠，也很聰慧，但是完全帶歪了路。

沒有她頻頻敲邊鼓，黛玉還不會深入情障。紫鵑每每苦口婆心的要黛玉替自己打算，說寶玉有多好又有多好……看書的準人瑞心裡就一萬個焦急。

紫鵑姑娘，妳生活在古代不是二十一世紀啊親！那個時代的自由戀愛叫淫奔啊！妳跟黛玉說有屁用喔，她的親事是可以自己主張的喔？除了讓她多哭很多場讓身體更不好，到底有什麼作用？

妳是猴子派來的逗比吧?!（準人瑞已經氣到胡言亂語）真的那麼忠誠，真的那麼慧黠，妳就去跟賈母敲邊鼓啊！她才是有能力主張的人吧？

再說，紫鵑如此熱心，準人瑞一直覺得她的動機不單純。

嗯，改版中，黛玉死後紫鵑也成了賈寶玉的婢女。靠北喔。

所以她不想要。準人瑞還是比較喜歡不伶俐甚至有點蠢萌的雪雁。

趁著大人一片忙亂，她沒跟三春混熟，而是打聽赦大舅在家，整理出重禮，只帶著雪雁，施施然的往東院去了。

必須要搭車的東院自然異常遙遠。但是健行是她此刻能找到最合理的運動方式。

準人瑞一直懷疑無雙譜不僅是宦官所創，說不定真正的祖師爺是宮女宮妃一流。內功心法搭配的身法特別嬝娜嫻靜，實在太女性化。

走走停停倒還可以，準人瑞特特的攜帶水囊。後來看雪雁走得太吃力，稍微指點了她一下吐納和步法，讓準人瑞很驚訝。

雪雁這個小丫頭居然身負上佳根骨。讓準人瑞扼腕……為什麼原主不是雪雁這小丫頭。

但是看到雪雁滿臉崇拜，眼睛裡寫滿「我家姑娘無所不能」……覺得當她家姑娘也不壞，很能滿足準人瑞的虛榮心。

東院雖然從花園隔斷，還是有個小角門的。請看門的婆子通報邢夫人……塞個小銀角比千言萬語還管用。

沒想到，邢夫人居然自己來了。正屋離角門可遠著呢。

「姑娘怎麼自己來了？」邢夫人左右望望，「竟沒有個大人跟著！妳奶嬤嬤呢？」

「拜訪舅母何須人領？」準人瑞笑笑行禮。

「這麼遠居然自己走來！也不打發人備車！」邢夫人埋怨，牽著準人瑞的手進門，然後尷尬了。「……我居然忘了給姑娘備轎。」

「哪有那麼嬌貴。」

準人瑞想討人喜歡的時候，那真是不費吹灰之力。只可惜她大部分的時候都囂張跋扈唯我獨尊。

才喝完茶，邢夫人歡喜的拉著她的手不放，稱呼已經從「姑娘」進階到「玉兒」了。

準人瑞將她的心態把握得很準確。

邢夫人無兒無女，丈夫忽視她，已經長成的繼子（賈璉）都成親了，繼子媳婦（王熙鳳）根本無視她。眾人皆說邢夫人貪婪吝刻，愚弱上不得檯面，只知奉承賈赦以自保。

其實要討她歡心很簡單，尊重她、聆聽她說話就可以了。

而且準人瑞也喜歡跟她打交道，只要錢財到位，她就會盡心盡力。絕對不會有那種拿錢不辦事的情形發生。

需要的錢甚至很少。準人瑞吞吞吐吐的說，守孝需要茹素，但是在賈母處不方便，能不能跟舅母吃飯？出手補貼了一百兩銀票。

邢夫人眼睛都亮了，但是看看黛玉那張沒什麼血色的小臉蛋，硬還了她五十兩碎銀，嘮嘮叨叨的叮嚀要怎麼打賞下人，不要瞎大方什麼的。

曾經是老年人的準人瑞備感親切。看吧，我這眼光是多麼毒辣。準人瑞有些自豪的想。

直到賈赦閒了，傳人來喚，邢夫人還拉著黛玉的手戀戀不捨。姐太招人喜歡了啊，實在沒有辦法。準人瑞淡定的拍拍邢夫人的手，去見那位號稱荒唐的赦大舅。

結果被原本愛理不理的赦大舅留在書房一整個下午，二話不說果斷留飯。其實只是投其所好，送了一把前朝名家舊扇，就能獲得賈赦的歡心了……這舅舅真是夠便宜的了。

準人瑞是不大懂古董，但是她藉著仙草的一絲靈氣，會感應啊。真正的好東西都是內蘊靈氣的，賈赦的書房，真是羅列各種好東西，大開眼界。

赦大舅生平兩個愛好：美人和金石。金石排名還在美人之上。

一見外甥女眼神溜過的都是他收藏裡的頂尖兒，那還不喜上眉梢的顯擺顯擺？此時他還是個頹喪的老宅男，自暴自棄的沉溺於酒色之間，清醒時只有賞玩這些寶貝兒。

但是金石之道，一個人玩實在很寂寞。家裡沒有一個人理解他。

沒想到外甥女是個識貨的，明明還這麼小！不愧是探花郎的女兒啊！

他口沫橫飛的顯擺了半天，還跟黛玉下了兩盤棋，享受了懂事的外甥女端茶倒水的孝順，外甥女還聽得津津有味、意猶未盡。

這讓赦大舅對妹婿林海羨慕嫉妒恨了，為什麼人家有端莊大器懂行的女兒？

赦大舅實在還沒脫離叛逆中二期，喜歡一個人就喜歡得要死，拉著黛玉一起吃飯，聽說她要茹素，立刻就陪著她吃素了。

飯後還送了她一塊暖玉，親自送她上車。

準人瑞啞口無言，在車上坐定就悶笑了。這赦大舅坦白說又渣又廢物，還很故意的蔑視禮法。

舅舅是能拉著外甥女同桌吃飯嗎？還說什麼「妹婿將妳充兒子教養，骨肉親情不講那些俗禮。」差點逼哭舅媽邢夫人，六神無主硬著頭皮同坐，根本食不下嚥。

讓賈母知道，赦大舅肯定又是滿頭包。

所以飯後她讓雪雁跟邢夫人的丫頭說，謝舅母賜飯。表示這頓是跟邢夫人吃的，赦大舅就是個不請自來的擺設。

之後跟著赦大舅一起出來送黛玉的邢夫人笑容就真誠多了。

這次拜訪真是出乎意料之外，超額達成。

回去準人瑞寫了一疊的筆記，對又廢又渣的赦大舅刮目相看。如果他不是吹牛，那赦大舅在金石上的造詣也太驚人。

一面檢視黛玉的記憶，一面翻查記憶抽屜……對赦大舅的佩服越來越深。最少黛玉所知的部分是完全正確的。而且一個身無丁點靈氣、酒色過度的老紈褲卻能精準的感知，這只能用天賦解釋了。

稍微包裝一下就能成為金石大家呀，名士風流也沒什麼嘛。至於讀書少……於金石有關，赦大舅可是引經又據典，頭頭是道呢。

所以，他為什麼名聲會那麼壞呢？

雖然疑惑並且惋惜，但準人瑞只能拋諸腦後。畢竟身分來說，她是晚輩中的晚輩，年紀來說，黛玉今年只有八歲。

想管也沒立場管啊。

不過賈母也真的越來越不想管黛玉了。

賈母先是嚇病了一場，寶玉也惡夢了兩天，不太平安。偏偏這孩子缺心眼，記吃不記打，退燒了就老往碧紗櫥跑，嚇得賈母將他送去王夫人那兒小住。

準人瑞會讓賈母好過嗎？那當然不。她「思母」啊，一見賈母就哭，畢竟是自己女兒，還不得捧場跟著哭，哭了幾場，賈母吃不住，病得更重了。

整個榮國府超熱鬧的。沒多久，鼎鼎大名的馬道婆就出現了。

馬道婆是賈寶玉的乾娘，但是在紅樓夢第二十五回，趙姨娘給錢給夠了，馬道婆還是該怎麼邪祟賈寶玉就怎麼邪祟。是個有點能力的邪惡巫婆。

……如果說絳珠仙草的靈氣有筷子粗，馬道婆大概就是十分之一頭髮絲。

這樣的廢柴居然能祟殺人，他們家的法門一定很厲害。

但是馬道婆端詳了黛玉半天，又說了好一會兒的話，卻什麼也沒做。

她只是偷偷跟王嬤嬤說，姑娘有災厄，還是給個兩百兩在藥師菩薩面前點油燈才能免災，還不能讓榮國府的大人知道。

王嬤嬤嚇得要死，可惜她身上不足兩百兩……都在姑娘那兒了。所以她哆嗦的跟準人瑞說。

唷，敲詐啊？

「不用管她。」見過馬道婆之後，準人瑞的心定了。雖說她複習神棍技能還有點兩光，但是這種貨色她可以一個打十個。

馬道婆沒有上門送死，卻含蓄的告訴賈母，是被衝撞了。

總之，林黛玉要換個住處……後院那個荒涼的小佛堂就是她的新居。

準人瑞意外了。她還以為賈母對林黛玉多少有點疼愛之情，至多就是將她搬出碧紗櫥，住個偏遠些的小院子。她會刻意對大房示好，就是希望看在親情（和銀子）的份上，赦大舅和邢夫人能照顧一點兒，不然衣食不全也太背離她的希望。

但是，佛堂？那不是只有做錯事的女眷才會去的嗎？

只考慮了一秒，準人瑞就識時務了。不管怎麼樣，總算能清清靜靜的守孝了。衣食住行艱苦點沒什麼，相信邢夫人（為了銀子）不會不管她。

誰知道不是賈母出乎她意料之外，赦大舅也給了她驚喜（或驚嚇）。

他一手拉住黛玉細瘦的手腕，氣得臉色發青，硬邦邦的說，「不用。老爺我命硬，大房不缺一雙筷子。外甥女，跟舅舅走。」

他走得很急，準人瑞得小跑才跟得上。

一直緘默的仙草，卻顫抖了一下，葉面滾下露珠。

最初的驚愕過去，準人瑞又不是那麼意外了。

現在的賈赦還不是爛和渣的頂點，尚有點天真和溫情。在寶玉十四歲的時候，賈寶玉和王熙鳳被馬道婆用五鬼邪祟，眼見要死了，請遍僧道都無用，賈政都要放棄了，只有賈赦還在奔波想辦法。

明明他很討厭二房，明明這兩個小輩對他沒什麼恭敬。

所以會一時衝動保住黛玉，也不是那麼不可思議的事情。

這樣的人居然會把迎春嫁給中山狼孫紹祖抵債。但是仔細想想，原應嘆惜四春，只有迎春三書六聘身穿大紅，正式的嫁出去……雖然出嫁一年就被孫紹祖折磨死了。

她出嫁的時候都快十九了。號稱疼愛的賈母從來沒有為四春操心過婚事。

無法替賈赦開脫。他真不是個慈愛的父親。

發現自己走得太快，賈赦放慢了腳步。外甥女除了氣喘了點，既沒有撒嬌也沒有哭，性情很剛強。

他暗暗鬆了口氣，然後有點歉疚。

真的是一時衝動，原本有點懊悔，給自己背了個大包袱……但是見黛玉這麼剛強，又有點喜歡。

是敏妹妹的女兒呢。

敏妹妹出生時，他是真的喜歡。那時他已經是少年了，有這樣粉雕玉琢的妹妹真是高興的不得了。

但是他不大能見到妹妹，賈母將她和賈政養在一起，感情自然好，對他就很平常。可終究是他背敏妹妹上花轎，小小一團的在背上，眼淚滴進他的衣領。最後比他小那麼多的敏妹妹卻死了。因為幼子三歲夭折，她沒能熬過去。

這是，妹妹唯一的骨肉啊。用妹妹那麼像的眼睛靜靜的看著他。

他彎腰將黛玉抱上車，一撩袍裾坐在她旁邊。

「不要怕。」他笨拙的安慰，「一切有舅舅。」

「好。」準人瑞點點頭，「對呢，我還有舅舅。」

赦大舅被她逗得熱淚幾乎奪眶而出。

邢夫人雖然兩腿發抖，還是勉力押送林黛玉所有箱籠到東院了。

準人瑞對這舅媽也改觀了。不管是赦大舅說出口還是沒說出口的，她真的盡心盡力。

這樣也叫做愚弱嗎？東院也一直井井有條，沒出什麼必須抄檢的事情。

因為是從花園隔斷而來，所以屋舍樓軒都小巧玲瓏。賈赦將黛玉安置在離正房不遠的「飛紅樓」。

應該是取自元代白樸的〈天淨沙．春〉「啼鶯舞燕，小橋流水飛紅。」

真的就是座落在小橋荷塘旁，楊柳鶯鳴，小樓有燕子築巢。只是此刻是初冬，鶯燕無蹤罷了。

賈赦很自豪的說著這樓是怎樣的布置，怎樣的由來，四季有什麼樣的景色，花了什麼苦心……最後說脫了，「這可是專門為妳大舅媽蓋來閑居的……」

然後臉色一變，心情突然落寞下來，勉強再說幾句，就要她好好休息，走人了。

這個「大舅媽」應該不是邢夫人，而是賈璉的生母，賈赦的亡妻吧。

真沒想到號稱荒唐的赦大舅有這一面。

這教人怎麼有辦法徹底討厭這個渣人。

準人瑞在邢夫人的廂房睡了一夜，第二天飛紅樓就打掃好了，完全照她的要求布置，異常素淨，這才是個守孝人該住的地方。

硬塞給邢夫人的一千兩銀票，讓邢夫人立刻淡定下來並且百無禁忌了。本來邢夫人還不敢收，準人瑞非常誠摯的說，她爹給了賈母兩萬兩。可惜她小人兒家身上沒多少，又得麻煩舅舅、舅媽很長一段時間，非常歉疚。

邢夫人這還不把她當財神爺供起來。連往揚州送信都拍胸脯保證使命必達。

替黛玉花她爹的錢，準人瑞真是一點負擔也沒有。此刻不花等人日後謀算，順便把孤女的命給算了？別鬧，準人瑞看起來有這麼蠢嗎？

給錢沒什麼，只要收錢辦事，你好我好大家好，有何不可？更何況邢夫人不算貪，不會變法兒跟她刮錢，對黛玉也真心有幾分喜歡。

這樣就行了。

生活終於安定下來。雖然仙草向來不理不睬，準人瑞還是在睡前會彙報這一天她做了什麼、為什麼如此做、這麼做會有什麼後果。

「現在可好了，能夠安心守孝。然後將兩光的神棍技能練一練，順便將醫術撿起來……將來林大人可得看我能不能妙手回春了。」

扎根在左心房的絳珠仙草猛然一震。

準人瑞真心睏了，打了個呵欠，含含糊糊的心電感應。

「林妹妹還是要有爹疼才能過得好。」不然度過死劫，依舊無依無靠，在這對女性異常禁錮的時代，就算出家也是無根浮萍任人欺凌。

她睡著了。絳珠仙草卻滾了一夜的露珠。

＊　＊　＊

生活一安定下來，第一件事情就是給林妹妹她爹寫信。

對這兩父女準人瑞真心受不了。

父慈女孝，都為對方著想得要命……然後什麼都報喜不報憂，最後只得到家破人亡的結果。

林妹妹她爹林海會在賈敏過世後，連孝都沒讓林妹妹守，急匆匆的將林妹妹送上京城，絕對不像他表面的藉口那般，單純的擔心林妹妹無人教養。

林海是什麼職務？巡鹽御史。鹽商俱是巨富，當中關係錯綜複雜，人人背後都有強硬後台，說不定還跟眾皇子奪嫡有關。不用深想都能感到其中凶險，說不定就是發現了什麼，才將他唯一的骨肉送進榮國府。

最後他還真的死在任上了，可他一個字也沒對黛玉透露過。

林妹妹一無所知，寄人籬下得那麼心苦，也是什麼都沒對她爹說，只說她過得多好又多好。私下珠淚暗彈，然後無依無靠的死在榮國府。

真是讓人生氣。

所以準人瑞寫了封孤苦無依、字字血淚的家書，憑她的寫作加成，讓接到信的林海氣怒交加的吐血了。若不是信末說大舅舅將她接過去，視若親女愛護有加，林海差點就派人直接去接人了。

但林海真有他的無奈。準人瑞的猜測雖不全中亦不遠矣，連賈敏的死都很有些問題……他怎麼敢在最錯綜複雜的此時，將年幼的唯一骨肉留在身邊。

原本他對大舅兄印象平平，沒想到最後，最仗義的卻是紈褲的大舅兄，交情甚好的端方二舅兄只會袖手旁觀。

最後他差遣了最得力的管家送重禮給賈赦，奉上兩萬兩銀票，只求大舅兄關照黛玉。

賈赦瞥了一眼，就當著管家的面將整匣的銀票塞給了黛玉。

只兩、三個月，赦大舅已經不想把黛玉還給林海了。

說起來這老紈褲就是個缺愛分子，常見的祖母溺愛導致家庭定位不明的可憐孩子。被祖母溺愛，同樣也希望得到父母的愛呀。可惜賈母就是不待見他，他爹賈代善也不怎麼喜歡這個紈褲。

結果他執拗的愚孝，也沒換來賈母一點溫情，倒是把他的元配跟長子賈瑚一起折在後宅了。

這還不是最慘的，他爹死前倒還是把爵位留給他了，可他承爵卻被趕到馬棚邊，榮禧堂被迫讓給他弟賈政了。

於是他自暴自棄，並且中二了。醉生夢死的頹廢度日，可以說是逃避現實。等清醒過來，兒子已經變成二房的兒子，跟他不親了。庶女迎春變成賈母養的，看到他只會發抖。

他更滿懷憤怒的自暴自棄，中二的更厲害了。「反正我就是沒出息我就要沉溺酒色就廢物給你們看早晚你們會後悔哼……」大致就是這樣的心路歷程。

但他內心深處還是很渴望有兒女繞膝的天倫之樂……畢竟他都這把年紀了。

結果他一時衝動，將黛玉救回來養了，其實隱隱還是有點自豪的。他這小外甥女，真是個可人疼的！金石上真是個可造之材，又乖巧又有靈性。而且還是個知好歹的……替他做了扇套！

從來沒收過女兒孝敬的賈赦樂得找不到北，宅在家許久的他還特別因此出門炫耀了一圈。

原來有女兒是這種感覺！看到林管家他當場就不樂意了，還以為林海要將黛玉接回去……那怎麼能行！

還好還好，只是朝他說些好話。唉，老子的親外甥女會不好好養嗎？要你多話！算了算了，體諒探花郎一片愛女之心吧，也不怪他了。

所以他非常大方的將養育費都給了黛玉。老子不缺那點錢，給外甥女買胭脂了！

準人瑞倒是有點莫名其妙，她只是遵循古代仕女的禮數走罷了。舅舅、舅母照顧她，不是該孝順點什麼嗎？她的針線活其實很普，但這是心意啊。所以她給邢夫人做了荷包，順便給赦大舅做了個扇套。

結果老紈褲差點高興哭了，卻板著臉要她少做些，家裡針線房又不是擺設。

……都當爺爺的大叔別傲嬌，跟你好不合適。

抱著那匣銀票回去，準人瑞有點失眠，暗暗的嘆氣。

她最受不了親情梗。

自從搬到東院，她就被親情淹了。

只是依禮而行，還沒使什麼手段呢，邢夫人總是驚喜交加手足無措。送她荷包，聽說黛玉走後她還偷哭了一下。之後衣食住行樣樣過問，就擔心她有一點不舒服。

赦大舅更是每天都跑來跟邢夫人吃飯……因為黛玉跟著邢夫人吃。一輩子都被人服侍的老紈褲笨笨的夾菜給她。飯後也不讓黛玉走，沒話找話的閒聊，還翻了許多好東西說是品鑑，想方設法的想塞給她，拒絕得有夠累。

後來書房乾脆對她開放了，放滿了原本想塞給她的好東西，讓她想看就能來參觀，還設法教她金石之道。

林大人更是，他對黛玉滿滿的父愛都快溢出來了。

曾經當過別人祖媽的準人瑞其實可以體會這些長輩幽微的慈愛，也能了解這些長輩內心的寂寞。

可惜原版黛玉是個真小孩……只有八歲，還是虛歲。當時的她再早慧也不能明白誰才能真心對她。

準人瑞是個公平的人。

舅舅、舅媽對她好，她就對他們好。其實這兩人超好打發，偶爾做個針線，到廚房指揮一下，弄點點心，泡泡茶，陪他們說說話，這兩中年人就高興得要飛天了。

至於林大人，更好打發了。沒事寫寫信，送點小藥丸子，林大人就樂得眼眶發紅了。

想來有培元丹撐著，林大人也能多拖點時間，不會英年早逝了吧。

也能為準人瑞多爭取點時間。

一切都很順心，只有一件事。

記吃不記打的賈寶玉心心念念的追來大房。雖然嚴防死守，終究有疏忽的時候，導致準人瑞老要看到他那張傻呼呼的圓臉。

準人瑞真想對他說：你到底喜歡我什麼？我改還不行嗎?!

有回她怒極真的問了，賈寶玉也異常誠實的回答，全榮國府黛玉最美。

再沒忍住的準人瑞將他掄在牆上。

雪雁傻了，王嬤嬤跪了，賈寶玉大哭了。

準人瑞平復了呼吸，朝著賈寶玉晃了晃小拳頭，「再來就給你好看。」

賈寶玉泣奔了。

其實準人瑞也沒想對賈寶玉怎麼樣，雖然一時沒忍住，終究手下有分寸，衝擊感很足夠，但是什麼傷也沒有。雖然很煩，但也沒想對個小孩如何。

她知道賈寶玉其實很心軟、很善良，但是跟他沾邊的女人就沒有一個好下場。她並不想替天行道，可總有自保的權利吧？

賈寶玉挨打應該是天大地大的事情，但是準人瑞氣定神閒的找舅舅告狀，說賈寶玉出言無狀，她沒忍住動手了。

賈赦以為是小孩子打架，沒當回事，隱隱還覺得太穩重的外甥女終於有些符合年紀的孩子氣了，有點欣慰。

他主動去堵槍眼，和怒火三千丈的賈母對峙。並且說，黛玉已經讓他禁足了，所以不再跟邢夫人過來請安。

賈母氣了個倒仰，這罰跟沒罰有什麼兩樣？要不是賈赦沒有年紀相當的兒子，賈母都要疑心溺愛黛玉的賈赦是不是想攔截這樁好親事。

最終賈母還是敗了。雖然寶玉號啕大哭，卻連塊油皮都沒破……賈赦又胡攪蠻纏，揚言要去跟賈政扯掰扯掰寶玉和表妹打架的事情……

只能算了。不然等著賈政朝著寶玉一頓好打嗎？

賈赦揚著頭凱旋而歸，準人瑞忍不住笑了。

從此準人瑞過得無比舒心，快樂的偽裝小女孩的日子。

只能說，舅舅將她寵上天，只差沒指天摘星了。想要小廚房？沒問題！兩天就完工了，各色廚具都備齊。想要藥材？成！連藥櫃都打好，齊全到掛個招牌能開藥店了。

她也不讓邢夫人難做，額外支出都偷偷塞錢，舅媽哪能不疼她。

於是她在飛紅樓作威作福，恣意的練功畫符，被她威壓所迫的下人只能噤若寒蟬，無處告狀。

短短一年，無雙譜的進度就非常喜人，直逼林大小姐時代的五成，身體的隱患完全拔除。

只是姣花照水、弱柳扶風什麼的……就別指望了。現在的林黛玉一天天的往英雄樹發展，連衣服的刺繡也都是木棉花。

更喜人的是神棍技能。她終於從單純的理論派晉級到實務派了。

雖說成功的符籙種類不多，但都異常實用。陣法不太行，但是能夠將永遠記吃不記打的賈寶玉攔在院子外面，莫名不想進入就很好了。

真正拓展開來的，卻是從來沒有注意過的「感知」。說得玄幻一點，就是她會「望氣」了。

可惜於風水學她所知甚少，以致於只能看個大概。

但這大概，就讓她好奇起來。

這是個很龐大的風水局，大約是榮寧二府連成一氣。研究了幾個月，越發不解。

風水局的主要用意是多子孫。

可是榮寧兩府的子嗣實在稱不上多，榮國府還行，寧國府已經在玩單傳了。

她替賈赦把過脈，其實他的底子……還是子嗣稀少那一款。他還不是單獨現象，榮寧兩府的男丁都是同款，應該是遺傳基因的問題。

所以等她找到埋在地底下的宅鎮時，實在是好奇的要命，設法用稀薄的領域馴服了幾隻螞蟻，到地底下的宅鎮瞧一瞧。

一瞧，她就啼笑皆非了。

鎮宅物是銅鑄的，雕刻了龍與八種動物交配的景象。這八種動物是龍九子的生母（龍六和龍八的生母是同一個）。完全驗證了龍性本淫的真理。

布下多子孫風水局還不足，連鎮宅物都如此加強。大概是質量不夠數量來湊？她就覺得榮寧兩府的男人好色到接近病態，原來是風水局格外加料的緣故啊……

暗暗笑完她讓控制的螞蟻離開，結果螞蟻一冒出地面，事情就害了。

陰雲滿布、雷聲隱隱。赫然一抹閃電由天而襲，逼近了才發現是很逼真的銀龍。

轟然一聲，直接在宅鎮處劈出一個不大卻很深的洞。卻連瑟縮在一旁的螞蟻都沒傷到。

劈完雷就雲收天淨，像是什麼事情都沒有的大晴天。

準人瑞只緊張了三秒就淡定了。就算沒雷劈宅鎮，榮寧兩府還不是被抄家敗落了，沒事兒、沒事兒。

讓她納悶的是，之後她遣螞蟻下去瞧，鎮宅物完好，連角都沒缺。只是有點奇怪……少了那種栩栩如生的感覺。

劈過雷，風水局破了。

等很久以後，她有機會鑽研風水局，才明白這是怎麼回事。

不知道布這多子孫局的是高人還是蠢貨。高明到能盜用龍脈為動能維持多子孫局，卻蠢到只拿來推動一個加強版的多子孫局。

這簡直像是費盡心力從核能發電廠偷電，只為了燒壺開水。

可能是準人瑞動到了什麼封氣的部分，被龍脈發現了，化雷劈了這個偷電的。

這個時候準人瑞還是沒想通，提心弔膽了幾天，發現沒出什麼事，就當作不知道了。

事實上，榮國府的鎮宅物挨雷劈，寧國府的鎮宅物也沒倖免。

榮國府還好，只是賈赦有些意興闌珊，漸漸不喜歡「跟小老婆喝酒」，也很久沒採買新的漂亮姑娘。他以為是年紀有了，而且黛玉住在大房，他也是該莊重點。

寧國府就嚴重多了。家主賈珍突然失去人生的意義，完全生無可戀。把他兒子賈蓉嚇得夠嗆，以為他爹跟他爺爺賈敬一樣，看破紅塵也要去煉丹修仙了。

賈蓉不知道的是，因為宅鎮物被毀，他爹的色心退潮了，所以沒對賈蓉媳婦秦可卿下手，他因此避免了頭戴綠帽的痛苦。

所以覺得自己什麼也沒做的準人瑞，事實上動了最大的劇情線……賈珍和秦可卿的公媳爬灰情就被她這麼蝴蝶沒了。

差點把榮寧兩府的宅鎮爆掉以後，一直保持沉默的仙草終於開了金口，問能不能為舅舅、舅媽做些什麼。

這是很合理的要求。即使赦大舅又渣又廢，邢舅媽的最愛是銀子。有點笨拙，而且是標準的恐龍家長。若不是準人瑞人生經驗爆表，應對得宜，恐怕也不能輕易得到他們的關愛。

但終究還是被他們捧在手心疼愛了。

可這真的太困難了，榮寧兩府齊心協力的拖後腿。

此時的皇帝之上，還有太上皇。賈家在內的四王八公都是太上皇的人馬，而今上是個抄家皇帝。

兩任皇帝的明爭暗鬥，完全是底下人遭殃，偏偏國庫還窮盡了。太上皇一旦駕崩，四王八公也跟著崩了。

這是大環境的問題，完全避免不了。奪爵是必然的事情。

但是奪爵也有很多種，有一敗塗地、滿門抄斬的，但也有貶為平民，卻能保全回鄉讀書的。

當中的差別就是，犯的罪夠不夠重、夠不夠多，能不能讓皇帝覺得「雖然是群廢物，終無大過」，然後不多計較？

從準人瑞旁敲側擊所知，今上的個性嚴酷剛正，頗惡貪官汙吏。相反的對百姓頗有關懷。

寧國府，鞭長莫及。她一直懷疑寧國府那麼慘跟賈蓉之妻秦可卿的死有關。可這點黛玉原版和改版都不知情，記憶抽屜的資料也沒有記載。

榮國府……起初抄家的源頭，應該是跟接收了四王八公裡甄家隱匿的家財有關。最後定罪得如此之重，卻是抄到放高利貸的欠條，之後又陸續爆發了包攬訴訟、石呆子案等等抓不完的小辮子。

這些還沒完，平安州是怎麼回事呢？該不會攪和進奪嫡這個大坑吧？

準人瑞捧著額頭疼。如果今天原主是賈母，說不定還有救，林妹妹是能有什麼作為？更何況她今年……九歲。

頭回對自己的腦洞不自信。但準人瑞還是開啟謎之腦洞了。

她以為邢夫人祝壽的名義，求赦大舅替她找幾個女先兒。怕邢夫人不喜歡，她還要求先面試過。

賈赦哪有不同意的，親自往外跑，拉了一隊女先兒回來。看黛玉神神祕祕面試，還不讓他旁觀，賈赦笑呵呵的答應她不先跟邢夫人說，只說他過生日的時候可得比這用心。

準人瑞也很滿意，從中挑了一個女先兒，長相標準慈眉善目，一看就像個好人。身分吧，是個良民，女先兒也是家傳手藝——她爹是個說書先生。夫家姓安，人稱安娘子。

安娘子家學淵博，自己也能寫段子，文采還不錯。只是她不太說鴛鴦蝴蝶派，所以名氣不大。

最重要的是，她機靈，嘴也緊。

行了，準人瑞就需要這種人才。她將自己熬夜寫的「律令宣導」小故事拿給安娘子看，神祕的要求她絕不能外傳，外傳她也是不認的！因為這些小故事是她偷抄出來的。

林黛玉是誰？是現任巡鹽御史林大人的千金！林大人之前可做過親民官，很有林青天的美名！

第一手資料啊！

於是在準人瑞和安娘子合作之下，膾炙人口數百年的《柴公案》堂堂出世了。

其實準人瑞的原意只是灌輸些律法知識，不過包裝得比較精美罷了。她小時候有個類似的節目，開場白是「法網恢恢，疏而不漏」。雖然說的是重大刑案，但是當中觸犯什麼法律可是說得非常清楚，讓幼小的她對法律保持敬畏。

榮國府普遍現象就是不知法所以枉法犯禁。這當中就有很多操作空間了。

準人瑞的文筆，需要懷疑嗎？加上能說能唱、文采明朗的安娘子，那真是如虎添翼。

第一個故事，就是談高利貸觸犯什麼國法。

當然，壽宴不能太淒風苦雨，所以風格非常詼諧。一個小媳婦被姨母誘拐，拿了積蓄去放高利貸，差點被丈夫發現，花言巧語快要敷衍不過去的時候，待她很嚴厲的婆母卻替她遮掩。

最後婆母說起她娘家落敗的主因，就是因為放高利貸傷陰德，最後福氣耗完了被官府捉拿。勸她寧可不要那些利錢也快快脫身。

小媳婦不太情願的收手了。沒想到，她姨母卻放高利貸被官府所獲，還將她攀咬出來。

最後柴青天明察秋毫，當然是圓滿大結局，he。

故事主線其實不怎麼樣，但是對白非常好笑。安娘子抓住了神韻，又說又唱的博得滿堂彩。

一開始當然是這種幽默風趣的家長裡短得家庭婦女的歡心。之後就可以加大劑量了，虐身虐心，最後公平正義得第一的故事可以大大發揮了。

本來是十天半個月招安娘子來說書，後來是三、四天，最後「孝順」的黛玉將安娘子延聘進榮國府大房，給邢夫人解悶……畢竟她除了銀子沒別的興趣，不數銀子的時候過得很蒼白空虛。

沒多久，安娘子風靡全榮國府。三春沒事就愛來跟邢夫人請安……順便蹭點書聽。連大忙人王熙鳳都會擠時間過來……畢竟大家都很蒼白空虛沒娛樂。

準人瑞暗暗鬆了口氣。看起來這腦洞開得還行。潛移默化、寓教於樂……希望有用吧。

……不過看著小姑娘們對著柴大人眼冒星星，感覺有點複雜。

或許將林海林大人當文本不是個正確的選擇。

邢夫人壽誕後不久，換赦大舅過生日了。

準人瑞非常守信的奉上壽禮，果然足夠用心，讓賈赦大喜，很有顯擺的本錢。

可壽禮其實只是一批各式各樣的玉扇墜，準人瑞真正送的是，禮單。

每個扇墜都描繪成畫（代替照片），標出尺寸、重量。出自何朝，有何來歷，何種材質，送自何日，特留一欄幾時出庫或損毀時記載。

這沒有什麼困難，和當代不符的是，準人瑞特別弄了鐵製活頁冊，增減和整理非常方便。

所以她送上的「禮單」就是這麼一本活頁冊。

這就是她僅僅能為舅舅做的事情。設法引導他成為一個真正的金石大家……明明有這個特長卻不去發展是何道理？別個沒天賦的都拚命裝懂附庸風雅，真正的行家躲在家裡憋屈的當廢物宅男？

邢夫人待她其實真不錯，甚至願意教她管家。就是在管家課程時她看到了份庫房清單，差點把血噴了。

只乾扁的寫了個名字，大小尺寸通通不知道，像是「紅木琉璃屏風一座」。這個，尺寸大小價格就是天差地遠好嗎……？

起初只是想將黛玉的金石有個詳盡的記錄，只是漸漸的，準人瑞發現了當中的價值。

首先這能讓赦大舅將他名下數不盡的好東西仔細盤查一遍，留下一個真實的資料。然後能有系統的整理闡述，說不定能出書著作呢……玩了大半輩子的金石，一定有他自己的見解吧？

他這本古董活頁冊，也夠新奇實用到能和金石同好相交吧？總能交些靠譜點的朋友吧？

不管怎麼樣，能給赦大舅找些事做總是好的。沉迷金石雅道總比沉迷酒色好聽多了。

只是她能仔細籌劃，卻沒把握赦大舅會怎麼做。只求盡心而已……

沒想到赦大舅一頭栽入，執行得比她想像的還深遠多了。

其實只是時機太巧了而已。

多子孫風水局破了以後，赦大舅突然對女人厭煩了。就好像有人當了幾十年醫生，突然失去興趣，生命一片空白後跑去當流浪漢一樣……赦大舅在床上耕耘幾十年，一朝失去動力，不免懷疑自己在幹嘛。

可不喝酒玩女人，他在榮國府就是個被架空的貨，一時間茫然的懷疑起人生。

正在最茫然空虛的時候，疼愛的外甥女送上壽禮，那條理分明的禮單冊讓他愛不釋手，眼睛一亮的找到未來人生的意義。

他那一整庫的古玩金石很夠他整理的了，尤其是一個個仔細繪畫記錄時，總是從角落翻出驚喜，訝然發現「原來我有這個居然把次貨當寶啊」的感慨。

至於以金石會友，因為記錄清單發現家有蠹蟲，以及日後自學成了一代古瓷修補大家……那都是後話了。

這就是目前黛玉能為舅舅、舅媽所能做的事情。

事實上想做更多，最少在最壞的時候將舅舅、舅媽撈出來……黛玉必須回到林大人身邊，林大人必須活下去。

林海林大人是太上皇心腹重臣，不然哪輪得到他當巡鹽御史，那可是江南的錢袋子。

看看林大人的身世，四代列侯，出身勳貴。但他本人卻是實打實正經科舉出身的探花郎，偏偏兩個圈子他都吃得開。

家資巨富（無貪污的必要），數代單傳（少了作威作福的親戚），四十歲了還只有一女。

活脫脫就是個孤臣的料子。

如果不是死於任上，今上那個抄家皇帝應該會想收服他，仕途很有上升的空間。

其實準人瑞已有自保能力，沒有第一時間跑回揚州，是因為她想守完孝。

她才不要給人未來攻訐的任何藉口。

幸好林大人寫信給同窗，讓夫人來看看黛玉，將她在大房守孝的消息放出去，不然話都讓賈母講……那就害了了。

事情安排得差不多，準人瑞的注意力就轉到其他地方了。

絳珠仙草的涵養速度有點慢。這倒不是很讓人驚訝，畢竟是仙體，不像涵養凡人生機足矣。

可這個紅樓世界……靈氣也太稀薄了吧。稀薄到跟她本世界差不多。

本世界是科技世界啊……呃，認真說的話，她的本世界是修真轉科技。她和黑貓聊過，本世界原本是修真世界，只是幾經成住壞空，靈氣耗盡，進入末法世代，不得不轉科技發展。

聽說還有的世界是科技轉修真或仙俠的，天道也是有各式各樣的發展。

……所以「林先生」為什麼那麼重要呢？

莫非，紅樓事實上也是末法將來會轉科技的世界？

這時候，就會想念無所不知（大部分的時候）的黑貓。

算了，略施薄懲就饒了他吧……掄牆十次就差不多了。

* * *

出孝進入倒數計時，寶姐姐薛寶釵終於來榮國府了。

準人瑞一見訝然，果然是個真正的美人。

肌膚白皙似雪堆，絕對不是寶釵黑詆毀的胖子。怎麼說呢……準人瑞有段時間非常喜歡老上海美女畫報。豐盈而嬌美，嫵媚都含蓄的掩蓋在貞靜之下。

……長大的話必然是這種美女。

此時，黛玉十歲，賈寶玉十一，薛寶釵十三。紅樓夢最有名的三角戀主角匯集……媽的一點氣氛都沒有啊喂！寶姐姐大概是上國中的年紀，兩玉都是小學。

這年紀的孩子爭風吃醋……看起來就像是家家酒，一點fu都沒有。

準人瑞感慨，幸好她頂替了，所以脫離這種尷尬的幼兒早戀。

她也深刻反省了，賈寶玉也不是自己喜歡身帶衰尾滅團光環，實在不該欺負小孩。

難道活了好幾個任務的祖媽還不能正確的對付他嗎？

於是她見到寶玉都非常正經嚴肅的和他探討四書五經和時文，大談仕途經濟。再怎麼記吃不記打，厭惡讀書的賈寶玉終於崩潰了，連路都繞著她走。

於是在見到薛寶釵的時候，賈寶玉戀愛（？）了。非常殷勤的圍著薛寶釵轉，讓準人瑞異常欣慰。

金玉良緣大好。

唯一不好的是，賈母又把她想起來，熱情的噓寒問暖，有意無意的和賈寶玉相提並論，很隱約的想將兩個玉兒湊在一起。

雖然不喜歡，但是準人瑞表示鎮定。

沒什麼，林海林大人留任巡鹽御史。

巡鹽御史掌管江南鹽政，當中利潤有多巨大，瞧瞧那些富可敵國的鹽商可略窺一斑。當中官商勾結、權貴插手，連今上的皇子都無比垂涎……混亂不堪。歷任巡鹽御史能把當任平安做完已經是上上籤，不得善終的可整籮筐。

林大人不但完美做完一任，現在又連任了。

可見帝眷、手段、才能都是上上等，前途也是超級無量。

這份量重到讓賈母都能夠將黛玉的「不祥」置諸腦後。畢竟利潤太巨大，超過百分之兩百了。若是賈寶玉娶了林黛玉，就能完整享受一個超強岳父的全部眷顧，所有人脈都會是他的。

林海這把年紀了，再不會有小孩。註定絕戶的林家財也只會是寶玉的。

有夢最美，希望相隨。賈母年紀都這麼大了，讓她做做美夢也算是黛玉的孝心了……

而且從美夢驚醒的嚴重失落臉，也是挺有趣的。

出孝，換上吉服。準人瑞笑咪咪的跟賈母請安，奉上林海的家書。

林海在信裡說他生了場病，頓感人生苦短，當及時行樂。所以要將黛玉接回，在有限的年歲裡享享天倫之樂。

賈母差點把信給撕了。

但是再怎麼打滾撒潑裝病，總不能阻止女兒探視父親。

其實赦大舅更不開心。可他毛病雖然比牛毛還多，對外甥女實在是真心實意。黛玉捂著帕子說想爹，赦大舅哭得比她還慘。不但張羅她回鄉的行李箱籠，還打算派賈璉送她回去。

林海派的船隻管家出航，看起來一切將成定局。

賈母出招了。

事後準人瑞猜想，大概是邢夫人真有兩下子，東院插不進手腳，不然下藥可能比較快。

下不了藥只好尋求超能力。用意也不是想弄死黛玉，只是想讓她生場病回不了家罷了。

若是原版或改版的黛玉還真沒輒，只能任人揉搓了。

所以才需要他們這些執行者嘛。

事情是這樣的，某天夜裡她和雪雁玩繡花針。

雪雁的性情只一字評之：憨。讓她繡花讀書簡直就是看她不順眼跟她過不去。但也是因為憨直，對她有興趣的事物異常執著，比方說練武。

準人瑞收的學生也不少，她卻是武學上最出色的那一個。

這天，準人瑞教她如何用繡花針當暗器，點燈射蛾。這個憨憨的小姑娘準頭越來越好，甚至直覺驚人的射下一隻形狀奇怪的「蛾」。

「咦？」她驚詫，「我明明射中了……怎麼什麼都沒有？」

準人瑞挑眉，看著被釘在牆上撲騰的……青面小鬼。

這是，疫鬼吧？

哪個不想活的放魘魔？準人瑞臉一沉，指端湧出靈火，扔到青面小鬼身上，不一會兒就燃盡。叫聲倒是挺慘的……卻是個老婦人的聲音。

一回頭，糟了。忘記雪雁在這裡。

「姑、姑娘……」她顫抖，跪著撲過來，「教我教我！不是不是，教奴婢吧！這招太帥了啊！會了以後省多少火折子！拜託了姑娘，奴婢也想生火……」

「……………」

準人瑞沒辦法教她生火，只能教她滅燭。

這是沒有辦法的事情。紅樓世界雖然有鬼怪神仙出沒，卻是靈氣漸漸枯竭的末法時代。雪雁的左心房又沒有一棵仙草，想修煉到有氣感入氣海，最保守的估計也要五十年。

只能教她滅燭了。雖然對只學武近兩年的雪雁來說還是很困難，但是比起火焰球簡單的像是桌上拈柑。

丈許外熄滅燭火，跟內力多寡倒不是有很大的關係，著重的是對內力的控制力和精準度。用掌風比較容易辦到，可準人瑞教她的是指法……可以想像是六脈神劍那種，當然更不容易了。

可憨人總是一條筋。雪雁八天後掛著快到臉頰的黑眼圈，興奮異常的演示滅燭……居然成了。

準人瑞以為她起碼得一、兩年才學得會呢。詫異之餘當然大大的褒獎她。

然後，她嘿嘿的笑，軟下來倒在地板上就睡得打鼾。

……準人瑞突然有點擔心。這丫頭萬一用這種毅力磨著她要學生火該怎麼辦。

幸好雪雁的一條筋發作了，她認定這是屬於姑娘的專有技能，只是萬分崇拜的看著準人瑞，就巴望姑娘心情到位能表演一下。

準人瑞頂著這種眼光多多少少是有點壓力的。

當然，這些是後話。

疫鬼被燒的第二天，賈母看到毫髮無傷的黛玉活潑健康的出現在眼前，露出一絲驚詫，雖然又飛快掩飾成慈祥長者樣。

真沒想到，居然是賈母。準人瑞訝異了一下，卻飛快轉過彎。

上午還好好的，下午賈母就病了。同時雪雁神祕兮兮的跟準人瑞說，寶玉寄名養娘馬道婆本來好好的跟人說話，突然冒出火，燒起來了，幸好救得快……只是一時找不到水，臨時拎著馬桶澆上去。

人體自燃？不不，不就是她放靈火燒了疫鬼那時候？唉呀，這返咒也太凶猛了，仙草的仙氣精純啊。能把靈火給滅了，還得感謝那馬桶的穢物污了靈火，不然真能把馬道婆燒死。

這可亂套了。準人瑞不怎麼負責任的想。原本是三年後，趙姨娘委託馬道婆對賈寶玉和王熙鳳下手。提前不說，卻變成賈母委託馬道婆對黛玉下手。

她還沒對賈母怎麼呢，她先嚇出點毛病，不但發燒，還開始胡言亂語了。

不過是個自私貪權，對自己的兒子也玩弄平衡的老婆婆罷了。準人瑞最看不慣這種老太婆……她也曾經是祖媽，一直都很堅持自己的格調，從不插手兒孫的人生，也不需要兒孫圍著討好巴結。

她向來覺得這是種缺愛兼沒自信的表現。羅清河能缺愛嗎？能沒自信嗎？她最想說的是通通滾開別三天兩頭來煩。

但是唯我獨尊的準人瑞還是能勉強忍受賈母這種老太太。沒辦法，太缺乏自我了，只好靠這種圈養子孫的超強控制填補寂寞。

反正賈母晚年超慘。她就不跟天道搶活了。

可馬道婆沒被反噬而死，只恨救她的人手腳太快。像這種反噬形同自殺，就算不小心弄死都不算她的錯啊……準人瑞非常扼腕。

準人瑞能這樣輕輕放過嗎？當然不。她是毫無寬恕精神的祖媽。

不知道為何學會的蟬鳴領域威力非常貧弱，但是經過練習和鑽研，從控制螞蟻到控制蜘蛛了。

可能是飼養過月蛛的關係，她跟蜘蛛格外親和。所以打聽到馬道婆的住處，她立刻將八隻蜘蛛派出去，在八個方位，織了八個八卦網。

可說是蟬鳴領域和神棍技能完美融合的結果。巧妙的封住生門開驚門，官非保證，馬道婆很快就要吃牢飯了。

蜘蛛的壽命大約一年，不過一年也就夠馬道婆家破人亡了。

果然，蜘蛛八卦陣的第七天，奄奄一息的馬道婆因為牽涉到某家後宅的陰私被抓進牢裡，然後再也沒有出來。

準人瑞再次變陣，封住馬道婆處的業孽，讓好幾起魘魔法失效，意外救了許多她不認識的人。

的確，準人瑞不是好人，她也自覺自己比馬道婆還危險。她和那些壞人的差別，不過是她遵循兩大法則。

她感到很滿足。

這次再也沒有人阻擾她回揚州了。

賈母病早好了，卻驚懼交加的怎麼也不願意見黛玉。

準人瑞在門外拜別，帶著一絲溫和的微笑，離開了榮國府。

船行到揚州需要三個月。以為會很無聊的旅程，意外的非常「熱鬧」。

當然不是賈璉出妖蛾子……也得他出得了呀。

宅鎮被毀事件影響太大了，賈璉也深受其害。他這個人是色中餓鬼，一日沒有女人都受不了，真沒辦法的時候，甚至會將小廝裡清俊些的選出來消火。

是個葷素不忌的混球，還很有點人妻控。

結果當空一霹靂，他那旺盛的色欲毫無徵兆的退潮了。他爹色心退潮，還可以推是年紀有了，賈璉可才二十來歲呀！

這點年紀就對女色興致缺缺，連對鳳姐都是勉強應付，已經讓鳳姐起疑心了。

賈璉都覺得自己身體出了毛病，卻恥於求醫。被鳳姐旁敲側擊的幾乎想跳湖。

所以賈赦令他送黛玉回揚州，他可高興了。雖然還是不知道該怎麼辦，起碼逃出去一陣子也是好的。

結果他一直懨懨的，循規蹈矩到有些不正常。這讓準人瑞很納悶，怎麼包裝與內容物不符……不是，怎麼書裡描述和事實相差這麼遠。

此時準人瑞還不知道，這事兒還是她亂動宅鎮起的頭。

真正讓旅途「熱鬧」起來的是一連串法術攻擊。五花八門，簡直是紅樓世界民間黑魔法系法術大全。魔魔法已經不稀奇了，紅橙黃綠藍靛紫七彩鬼都遇過了……她不得不在靠岸休息的時候緊急採購一批葫蘆，存貨已經不足。

真正大咖還在後頭。行船月餘，仲秋時分，原本晴空萬里的江面突然風雨大作，飛雷電閃，江面洶湧太過，船隊當場就沉了一只。

準人瑞覺得不對，推艙門而出，臉色蒼白全身發抖的賈璉看到她，猛然將她一推，朝著她怒吼，「出來添什麼亂?!快進去！」

「其實我可以……」準人瑞沒有發火，只是想解釋。

「妳什麼都不可以！」賈璉聲音更大，「進去！有什麼事兒，大老爺們會頂在前面！」

他非常堅決而粗暴的將黛玉推進艙門，朝著外面吼，「快把繩子扔下去，能救幾個就救幾個……」

……明明很害怕不是嗎？抖的跟篩子似的。

但是賈璉對她發火時，她突然將他與宮國蘭重合了。

可賈璉是個風流倜儻的小白臉，大Boss的長相是殺人通緝犯。

一直都不敢想他們倆。只要想到，心臟像是插了千根針，痛得想哭。但還是願意這麼痛……她發誓不讓他們被蟲子啃，也完成了她的誓約。

也許是被往事襲擊，也可能是移情作用。明明知道領域薄弱，此世對音樂的領悟也只夠她維持很短的時間，她還是強硬的放出領域，讓瘋狂的江浪強制性的平復下去。

因為掀風作浪的是一條快長出角的蛇。

到現在，準人瑞繼承的蟬鳴領域還是充滿謎團。威力大不如前，但是控制的生物從昆蟲節肢動物擴展到蛇和蜥蜴。

八秒。她在紅樓世界的MP只夠控制這條怪蛇八秒。

這只夠她翻出窗外，神不知鬼不覺的站在船桅上，掏出紅寶石戒指裡從上個世界私藏的一把掌心雷手槍，純手工製作，在當代勉強能夠使用。

她開槍，擊中快要脫離控制的怪蛇。雖然沒能擊殺，卻也重創了。雷雨因此停止，江面平靜。

咳了一聲，準人瑞硬把血嚥下去，勉強翻回窗內才放心倒在雪雁懷裡。

「姑娘！」雪雁哭了，「那是什麼？那個東西是什麼呀……」

「快變成蛟的蛇。」這個MP不夠扣HP的設定太過分了。

雪雁嚇得發抖，「那那那……那不是河神嗎？」

「不是。」準人瑞頭開始痛得厲害。「呃，我記得書裡記載，這玩意兒還挺好吃的。」

她放心昏睡過去。

準人瑞只是脫力，她的靈魂其實還是虛弱狀態，搞這麼大的動靜自己當然吃不消……睡眠其實是涵養靈魂最實惠的方法。

一覺醒來，原本頭痛已經消散不少。

只是沒想到被她打個半死不活的蛟蛇被雪雁要了過來，殷殷等著她要怎麼煎煮炒炸。

那蛟蛇遍體雪白，額上鼓著兩個小包。兩指粗，一臂長，不知道是不是擊中脊椎，只是抽搐，卻沒辦法逃。

「還是作成蛇膾？」雪雁嚥了嚥口水，「看起來就很好吃。」

蛟蛇抽搐得更厲害……或許是發抖。

「呃，我想養。」啞口片刻，準人瑞還是求情了。她不想吃蛇的沙西米。

「喔……」雪雁很失望，「不先切一、兩片肉給姑娘壓壓驚？」

準人瑞非常堅決的拒絕了，打發她去找傷藥。

她是絕對不會吃這條蛇的。因為這條蛇身上還附著某個人的一魂。

費了九牛二虎之力，才將那條人魂收進葫蘆裡，蛟蛇整個都癱下，口吐人言，微弱的說，「謝謝。」

繼將林妹妹的人設崩光之後，她又把《紅樓》過得跟《聊齋》一樣。

這樣真的是可以的嗎？

準人瑞頭疼了，很頭疼。

雖然沒有死人，但是沉了一條船，獲救的傷患需要醫療，後續的事情千頭萬緒，賈璉一肩扛起，忙得團團轉。

可忙得恨不得生出三頭六臂，他的頹廢倒是不藥而癒，越忙越精神。

準人瑞關在艙房裡沉思。

她對蛟蛇動了個小手術，雖然沒有抗生素等等必要藥物，但是照野生動物（？）的強大應該能扛過去。

讓她覺得無力的是人魂的招供。

這一路的黑魔法追殺，居然是「馬道婆引發的一連串血案」。

嗯，人家能夠開開心心的在京城做這種見不得光的買賣，自然不會是單打獨鬥。有親戚好友、師門同道再自然也不過了……

可他們不敢冒犯王朝的威嚴和體制，只能把滿腔憤慨傾洩到「看似同道」、「非常不懂規矩」的林姑娘身上。

……哇靠，這批人實在太弱了吧？在琴娘世界，大能都是把王朝收來當附庸的。

「誰跟你們是同道？」準人瑞臉一冷，抓著葫蘆晃得沙沙作響，裡頭的人魂叫得那個淒慘。

不過琴娘世界的修仙者可是有不成文的規定，不干擾凡人生活的。這些自以為很能的修士卻視凡人如螻蟻。

殊不知，在準人瑞眼中，他們也宛如螻蟻。

琴娘世界終究是最接近中千世界的完熟，哪怕是神棍技能……拿來對付這些修士都太嗆。

畢竟境界相差好幾個紀元。她不得不在符料上偷工減料，不然一符滅一個，連個活口都沒有。

「妳知道我是誰嗎？能說的我都說了，還不放了我！等我師父知道妳就死定了……」人魂還在叫罵。

準人瑞朝葫蘆又貼了張泰山符，立刻安靜了。相信很有來頭的人魂能扛得住泰山之重。

這世界的修士也是墮落了。

靈氣日稀修煉不易，非常勇敢的往邪魔歪道走了。這種害人性命的魘魔法居然是當中一種。

說起來一箭雙鵰。因為是拿人錢財與人消災，所以因果是事主背了，跟修士沒關係。二來，橫死的人多餘的壽命、生機、氣運，都能用特殊法術收攏為修士所用，於修煉大有裨益。

這算是解了準人瑞讀紅樓的一個疑問。

紅樓第二十五回，趙姨娘在馬道婆的誘使下，出錢讓馬道婆祟死賈寶玉和王熙鳳，在兩個人都快死的時候，跛腳道人和癩頭和尚出現，讓通靈寶玉恢復光輝，破了魘魔法。

但這兩高人飄然遠去，之後馬道婆依舊活蹦亂跳，若無其事的出入榮國府。

兩高人當然不會去找馬道婆麻煩，都是「同道」呀。

本來準人瑞忿忿一會兒也就罷了，說不定是她個人偏見呢，有什麼氣好生。

結果第二天，這兩高人口誦道詞佛號，飄然闖到面前，雪雁正要呼喝，卻被定在當地，連眼睛都不得眨。

準人瑞瞥了一眼，心神安定下來。這手法，不過就是戲法的一種，純粹掩人耳目。實際上只是中了張粗糙的定身符，小事一樁。

而且這兩高人的表情很有趣，瞪著準人瑞，淡然曠達的表情生生的裂了。

「仙子，別來無恙？」渥疑了會兒，跛足道人稽首。

「見到你們兩攪屎棍前，過得還不錯。」準人瑞冷笑一聲。

是的，她對這兩位的評語就是攪屎棍。

就是這兩高人，將通靈寶玉（神瑛使者）帶下凡，原本一干情鬼了結公案沒賈寶玉什麼事情。這兩高人還準備去度化幾個當功德呢……結果他們幹了什麼……

甄英蓮（香菱）她爹甄士隱被他們度化了，老妻丟失獨女後又沒了丈夫，窮困潦倒的艱難度日。

柳湘蓮在尤三姐自刎後，渾渾噩噩的走出去，也讓這兩高人度化了。結果柳家連絕戶的機會都沒有，直接斷了。讓很照顧愛護她的姑母傷心欲絕，更讓姑母連個娘家人都沒有。

最後是賈寶玉。被寵溺二十年，拋下嬌妻和仍在腹中的孩子，扔下一大家子，出家了。簡直不忠不孝不仁不義。

是唷，真是功德無量。一點量都沒有的功德啊。

更不要提到處想誘拐兒童兼出言恐嚇，滿世界亂竄也沒竄出點好。

攪屎棍無疑。

準人瑞出口傷人，這兩高人居然忍下來了，語氣很謙和的說都是誤會，希望能夠將「白余子」放出來。

她舉起葫蘆，晃了兩下，裡頭的人魂叫得夠慘，「原來這人叫白余子啊？」

跛足道人臉色變了變，「冤家宜解不宜結，仙子何必得理不饒人呢？」

「第一，是他們來找我麻煩。你們這理真有趣，我若稍弱點只能等著被害死投胎，偏我強了還得讓你們調解成誤會？第二，你們若強些，我說不定就饒人了。」

論修為，秉仙靈之體的準人瑞大約和這兩高人比肩，說不定還稍弱一點。

但是論術法手段，保守估計能贏他們倆加起來二十八條街。光說符籙陣法吧，她學得如此兩光，兩高人約是小學三年級，準人瑞已是雙博士。

若不是此時的黛玉才十歲，哪需要符籙陣法，直將往牆上掄就是了……年紀太小就是這麼令人扼腕。

戰況單純的一面倒。差點讓跛足道人跑了，準人瑞拔槍射中他不跛的那條腿，這下可平衡了。

將這兩人捆好，準人瑞不懷好意的瞧著，讓這兩高人毛骨悚然。

「嗯，我有點忘記琵琶骨要穿哪才能廢掉所有修為。別急，讓我想想。」

兩高人眼眶都溼潤了，幾乎要號啕大哭。

最後關頭還是仙草出聲阻止，「修煉不易，大懲小誡就罷了吧……」

準人瑞側目。話怎麼不早點講，這兩高人都快哭失禁了才說……沒有心結？鬼才信呢。

不過她對原主向來都是很溫柔的，所以意興闌珊的回答，「死罪可免，活罪難逃。」

在雪雁的幫助下，將兩高人貼上泰山符，沉江了。至於他們意圖營救的什麼白余子，不要說準人瑞為難人，那葫蘆就繫在跛足道人的腰上。

嗯，加油。照她粗製濫造的泰山符，大概十天半個月就失效了。兩高人互相幫助也能解了綁，還順便完成任務救了白余子。

只是三魂之一的生魂脫離軀體這麼久，還能不能好好的湊回去……那就不干她的事了。

這些沉江底的同道聯盟她不關心，讓她頭疼的是滿眼亮晶晶的雪雁。別看她鬥法鬥得金光閃閃瑞氣千條意氣風發，某些神棍技能她卻異常生疏……比方說清洗記憶。

搞個不好就能把人弄成白痴，催眠術她還沒入門，更不敢將雪雁拿來實驗。

最後她含糊的編了個仙師夢授，難免得替天行道的理由忽悠過去。

忽悠雪雁比想像的還容易多了，一秒就瞬間接受而且激動萬分，一臉「原來如此我怎沒想到」。

雪雁唯一的問題是，「仙師叫什麼呀？有沒有名號？」

「……呃，仙師姓羅，道號淵月仙君。」

她喜得飄飄然，真怕風大點把她颳走了。

準人瑞為她有點焦慮了。這麼好騙真沒問題嗎？

不過傷重的蛟蛇莫名的非常害怕雪雁。明明是準人瑞將他射傷的，雪雁待他是很熱情的。

「快快好吧，」雪雁一面幫他換藥一面嘮叨，「好了說不定能獻給仙師當座騎呢。」

準人瑞以為蛇沒有淚腺。但是蛟蛇卻眼眶溼潤，快滴下淚來。

「呃，她只是隨便說說。」準人瑞隨便安慰一句，「雪雁，去熬藥吧，剩下的我來就行了。」

這條可憐的蛟蛇是苦逼中的苦逼。他原本在山澗中吞服日月精華山水靈氣，都快要修出角了，對血食的要求也很淡薄。久久才吃一次飯，好死不死吃了個人。

坦白說，他在深山裡住著，連人長什麼樣子都不知情。吃了人，就這世間法則而言是擔了因果，反而污了他千百年的修行。這才被人所獲，開始生不如死的生活。

後來他才知道，這他馬的就是個陷阱。不然他那個深山老林的老家怎麼可能出現人類。他可以說是被騙吃了個不費力的誘餌，才會之後活得異常費力。

吃人跟吃毒藥沒兩樣，他還會去吃那玩意兒嗎？可惜之後他身不由己，修行一污再污，身形也越來越小。

他最痛恨的就是被白余子附身，卻束手無策，求生不得、求死不能。

最希望的就是回家繼續修煉，能夠把被污的修為潔淨了。可這希望也不可能……他的家被白余子毀了。因為深澗之下有個未出世的法寶靈胎。

準人瑞很同情他，可是他已經被罪孽侵染的差不多了。想回復需要大量的功德。

「呃，你要不要跟我？」

蛟蛇猛然抽搐，想倒退可惜傷重的盤不起來。

「放心，我不需要座騎，也不喜歡附誰的身。你不放心的話，我以我的道心發誓。」

「……不違背天理循環，也不會污我的道行。」蛟蛇弱弱的說。

準人瑞慨然，「我發誓。」

蛟蛇開心了，久久不癒的傷勢因此一日千里，不但能盤起來，動作異常迅速的能攀簷走壁了。

但是將終於閒下來的賈璉嚇個半死，等弄清楚是小表妹養的蛇，他都快哭了。

「這東西怎麼能養！快快找人來打死！」他崩潰的將黛玉護在身後。

準人瑞啞然片刻，招手說，「公子白過來，跟璉表哥打個招呼。」

蛟蛇公子白謹慎的停在賈璉面前一丈外，點頭如稽首。

賈璉真的要崩潰了。這東西成精了呀!!

「表哥別怕，公子白都要成蛟了，很有靈性的。」準人瑞安慰他，「只吃雞蛋不吃葷呢。」

這不是重點啊表妹！賈璉欲哭無淚。

最後是老船工說這是祥瑞，小江神呢。那條蛟蛇還願意進他買的大籠子，心下才稍安。

賈璉還是抱著腦袋燒。真沒想到林表妹會是這樣膽大的表妹。

不提賈璉惶惶不可終日，準人瑞自己想想也好笑。

幸好公子白是雄蛇，不然已經把紅樓過成聊齋了，又亂入白蛇傳……未免太亂套。

越來越沉默的絳珠仙草聽了，也難得的莞爾一笑。

離揚州越近，仙草越蔫。趁著她難得笑了，準人瑞問她是不是有什麼心事。

她沉默很久，幸虧準人瑞非常有耐心……一面練習畫符一面等她回答。

「……不敢見我爹。」仙草滾下一串露珠，「都是我的錯。若不是我投生到林家，我弟弟能活下來，我娘說不定不會死。林家會絕戶，都是因為我。」

準人瑞莫名了一會兒，腦筋轉過來恍然大悟。

「是因為要維持金陵十二釵正冊的判詞嗎？」

露珠如雨，仙草完全萎靡了。

準人瑞卻只覺得心酸。

林黛玉和薛寶釵的判詞是同首。「可歎停機德，堪憐詠絮才。玉帶林中掛，金簪雪裡埋。」

為了維持這樣的悲劇，林妹妹「必須」家破人亡，所以她的親人都被「家破人亡」了。

同樣是醒悟前世，林妹妹對這樣的結果特別不能接受，痛苦莫名。不似賈寶玉的泰然自若，拿得起放得下。

「來不及了呀。什麼都，來不及了。」絳珠泣訴，「沒用的。對不起，對不起……」

「是呀。」準人瑞輕嘆，「讓賈敏和妳弟弟活過來……那不可能。但是林家不絕嗣，妳爹得享晚年，說不定還有幾分勝算。」

「除非我先早夭。」絳珠仙草生無可戀的說，「不然寫定的判詞，是無可更改的。」

「妳若早夭，妳爹活得下去嗎？」準人瑞淡淡的說。

絳珠豈能不知，所以她才會痛苦糾結。

「妳沒發現嗎？自從我代班以來，一滴眼淚也沒掉。所以什麼還淚之說，已經沒戲了。」準人瑞不解，「我說妳怎麼會有這麼特別的想法？妳明明是岸邊植物，哪需要灌溉啊？」莫非水傷到腦子進水了？

絳珠茫然了，仔細回想，「……那時我剛凝形，第一個見到的是太虛幻境的警幻仙姑。我、我也不知道，就是聊著聊著就有這種想法。」

「被誘導？」

絳珠靜默片刻，「不、不會吧。仙姑還勸過我……」

「結果越勸越想這麼做？」

絳珠沉默了。

準人瑞沒再說什麼，只是讓絳珠沉睡。

她對警幻的評語非常偏頗。那就是個老鴇。說穿了賈寶玉夢遊太虛幻境才十二歲，警幻就讓妹妹兼美和賈寶玉滾床單。

不是拉皮條的老鴇是什麼？人間的老鴇都不會這麼摧殘兒童。

什麼判詞……有機會一定全燒了！

三個月的航行，終於到了目的地。賈璉真是異常憔悴……這趟旅途實在太「豐富」，豐富得他要以頭搶地了。

沉的那艘船正巧是賈母捎來的禮物，這下全沒了。

他忐忑不已，見到等在碼頭的姑父林海上前告罪，沒想到姑父和藹的頻頻說「人沒事就好」，還再三道謝他千里迢迢送黛玉回來。

很缺父愛的賈璉差點落淚。一路擔驚受怕，正是最脆弱的時候。

回到林府安置下來，林海和黛玉在書房相見，準人瑞才行過禮，就「被奪舍」了。

絳珠還是仙草形態，哪能使用四肢啊，直接癱在林大人懷裡痛哭失聲，幾至暈厥。

看人家父女抱頭痛哭，被擠進右心室的準人瑞真是尷尬。

等絳珠真的厥過去，她也沒有重新掌握身體。太尷尬了，她還是先睡一覺緩緩吧。

結果這一睡，就壞菜了。

她是睡得很好，可雪雁沒睡呀。當爹的怎麼不會先問問她身邊人。

於是雪雁充滿崇拜和自豪的，異常興奮的說了「仙師夢授論」，導致林海立刻喊了大夫給雪雁看癔症。

偏偏這個時候，在籠子裡待得不耐煩的公子白遊出來找準人瑞，更是一陣大亂。

她睜開眼睛的時候，公子白委屈的盤在她房裡的屋樑上，地上全是人如臨大敵，林大人的臉都是黑的，雪雁還是一臉不明白。

準人瑞發現，最近她常常犯頭疼。

面對一個智商在線的探花郎該如何自圓其說……這是個難題。

經過慎重考慮後，她對公子白心電感應了幾句，他不是很甘願，還是往外遊走，滿地的人驚叫著追了出去，瞬間房裡只剩下林海和雪雁。

對著臉很黑的林大人訕訕的一笑，食指尖冒出碧青色的靈火。即使是白天，依舊那麼鮮豔，一彈指，靈火飄過去，桌上的蠟燭就燃亮了。

林大人的臉色立刻由黑轉白，而且有點太白。身體猛然一晃，用力撐在桌上才沒昏過去。

「呃。」準人瑞深感歉意，但實在沒把握在林大人眼皮底下偷摸的修煉，早晚穿幫。再說，她總不能讓林大人把雪雁真當神經病了。「就是，仙師夢授。」

林大人慘白著臉孔摸著椅子坐下，避免太失態。

他悔啊，太悔。他只想著岳父賈代善是個極度靠譜的人，賈敏一直都是賢妻。想來很少接觸的岳母也應該如是……錯了！大錯特錯！

寫了那麼多信來催著讓黛玉北上，並不是如他以為的一片慈愛之心。他唯一的骨肉差點因為衝撞之名被送入佛堂。

而且還在賈府惹上這個禍福不定的「仙師」！

他勉強鎮靜下來，和黛玉話家常，一點點的套話。準人瑞也暗暗鬆口氣，盡量不落痕跡的誘導。跟聰明人說話還是實話實說的好，免得破綻多。不想說的可以避而不談，遠勝謊話難圓。

不過實話也看人怎麼說，能不能完美誘導……這是告狀的另一重境界。

總之，聰明反被聰明誤的林大人怒了。他以為這個不知是狐是鬼的「仙師」是一時憐憫……差點被親外婆送去小佛堂毀終生還不夠讓人憐憫嗎?!林大人都說不好到底該不該對「仙師」生氣，只好對賈母生氣了。

玉兒臉色紅潤，長高了好多，氣質堅毅。其實該答謝「仙師」……雖然「非我族類其心必異」這點未必，可好女孩兒是該涉入這些神神鬼鬼嗎?!

林大人辛酸啊，心像是油煎似的，還不敢說什麼觸怒「仙師」，誰知道他在哪呢？是不是跟著女兒啊……想到五通神之流，林大人就坐立難安了。

父親跟女兒就是有這種尷尬。他都不好意思問「仙師」有沒有什麼不軌的行為，急得要撓牆還得強迫自己鎮定。

準人瑞本來被林大人的鬼打牆問話弄糊了，察言觀色相結合下，恍然大悟。然後，覺得心暖暖的。

又是個絕世好爸爸。她對好爸爸總是格外心軟。

「仙師姓羅，道號淵月仙君。」準人瑞轉頭跟雪雁說，「將仙君的小像拿過來。」

雪雁有些頹喪，那可是她磨好久姑娘才畫給她的。老爺真是的，還跟人家搶是怎麼回事……不過她還是乖乖拿出一個小卷軸。

只見一仙人躍然紙面。容貌姝麗，目光卻鋒利如劍直指內心。一身白衣、頭披白帛，卻絕對不會誤認為觀音……腰上的三尺青鋒可沒有鞘啊！殺氣都要破紙而出了！

發現是女仙，林海略略放了點心，但是殺氣這麼重，又讓他的心高高的懸起來。責備孩子吧，若不是他這父親糊塗將她送去虎狼窩，又怎麼會得仙師「憐惜」。不說她兩句，萬一繼續「夢授」……閨女還嫁得出去嗎？

還是人生經驗豐富眼光毒辣的準人瑞安撫了六神無主的傻爸爸……智商都為之降低了。看著就可憐。

那些特異功能也不是水龍頭一擰就來，平常也絕對不會用……這不是要讓傻爸爸相信嗎？

過度憂心的林海智商降得慘不忍睹，又被準人瑞忽悠得找不到北，渾渾噩噩的走了，回房才發現他還抓著仙師小像。

不管是狐是鬼，總是有恩。原本子不語怪力亂神的林海還是設了個小香堂，慎重將小像掛了起來，讓家人香火不斷的供奉。

林家雞飛狗跳的日子開始了。

天不亮，大小姐就帶著雪雁開始練拳，並且飛簷走壁。不管是丫頭還是婆子的下巴掉了滿地。還有那條神出鬼沒的蛟蛇，總在最想不到的地方曬太陽，能把人嚇出點毛病。

更嚇人的是，那條蛇特別喜歡大小姐，總喜歡盤在她肩上或臂上……問題是大小姐回來不久就接下了鑰匙，每天都要跟她報告的管家和管家娘子欲哭無淚。

林海苦啊。對女兒滿心的歉疚，捨不得說她一句。可女孩子家養小貓小狗鸚鵡八哥多可愛，養蛇……也太另類了吧？他焦心，他無助，他想以頭搶地啊！

結果因為這種憂心跟賈璉有話題。說到這蛇……璉表哥也是滿心傷痕。哪個表哥會喜歡粉嫩的小表妹變成一個弄蛇人……嚇死表哥了好不好？

一人計短，兩人計長。同樣憂心的父親和表哥商量，決定來個揚州寺廟遊。

那條蛇不是有來歷嗎？說不定遊著遊著被佛法感化，或者遇到什麼福地洞天修行去了呢。

林海更有層隱約的算計。佛法無邊、道法無涯，說不定就讓高僧或高道點破了，仙師放過了他可憐的女兒……或者他聰慧的女兒能回頭是岸。

每次看到玉兒那麼認真的讀周易，畫符畫得那一個順溜……林海都要捂著心口疼。

其實這想法還是不錯的。只可惜，林黛玉的內容物還多了個祖媽級的準人瑞。她還是望舒郡主的時候，高道高僧只有納頭就拜的份，何況她還刻意去仙俠世界留學過了。揚州的高道高僧只能用「潰不成軍」形容，差點準人瑞多了串鬍子眉毛花白的弟子。

是她堅決不肯，不然她輩分可大到沒邊。

林海很傷心。女兒都快變成仙姑了。更傷心的是，外甥賈璉立場完全歪了，追著他女兒求拜師，看破紅塵了。

這是造了什麼孽唷。

心酸的林海還是好好開導賈璉了。

畢竟女兒的年紀擺在那兒，今年才十歲。他也反省過，自己實在太急躁了。但外甥可開不得玩笑，出家的念頭一動，女兒堅拒，可外面的寺廟千千萬，一時想不開可大鑊了。

說起來，林海是個承情的人。他對賈敏有愧疚，林家數代單傳，可壓力都在賈敏身上。外面說得極難聽，甚至懷疑賈敏用了什麼手段才會姬妾一無所出，其實真的都是謠言。

賈敏過世後他懷憂喪志，知道賈敏真的很冤，將姬妾都放了。這兩年，有一半多懷孕生子，更證明了賈敏的無辜。

也是因為這樣他才對賈母格外恭敬，甚至將唯一的女兒託付。

雖然賈母辜負了他的信任，但是大舅兄仗義，疼愛玉兒，他是真的感激。因此對賈璉和顏悅色，能夠的話真心想扶他一把。

賈璉吧，其實沒大事。只是從色中餓鬼狀態脫離，自己嚇自己罷了。

想想吧，賈璉為什麼喜歡撈銀子存私房？還不就是為了能痛快的花天酒地，睡他個六畜興旺嗎？結果莫名的，色心退潮了，突然沒有目標了。

回頭一看，文不成武不就，說是大房嫡子，卻比不上二房寶玉的一根腳趾。他真心對將來承爵的可能懷疑了。老婆還是個母老虎，卻只給他生了個女兒……林姑父的例子在前，他真心顫抖起來。

爹不疼娘不愛，老婆不同心，兒子也沒有。人生異常失敗。

說起來，在賈家玉字輩裡頭，賈璉算是最好的。他腦子不差，熟練人情世故，雖然紈褲，除了色中餓鬼這大患，他還算是有人性光輝的一個。

結果大患去了，他腦袋更為靈光，思前想後不免悲從中來，頓時懷疑人生，然後心灰意冷。偏又聽著準人瑞忽悠高道高僧，結果中招，那還不想著跟很厲害的小表妹出家修道。

只是一時想岔，這對林姑父能算回事嗎？那自然當然決然不能。林海沒兒子，難免有點移情，賈璉想討人喜歡的時候，除了賈府那群偏心眼，還真不是難事。

感情都是處出來的。一個缺父愛，一個沒兒子，漸漸的不是父子更勝父子。雖然賈璉不愛讀書很遺憾，可通曉世事、人情來得也是很不錯了。指點多了，後來跟著林海上班，漸漸的居然能當個幕僚用，等春天化冰，該回京了，賈璉卻遲遲不想回去。

準人瑞倒喜歡賈璉留下。多好的擋箭牌啊！讓林大人分分心，才不會每次看著她欲言又止。而且讓通透的林大人開導開導，說不定能給大房一線生機。

立刻大筆一揮，寫信給赦大舅問好兼分析。與其讓璉表哥給賈母當免錢的大管家，還不如跟林大人學點本事。

準人瑞回揚州後都是一月一信，這封是額外加急。賈赦一想，還能有誰比探花郎靠譜？立刻准了。

賈璉一直待到秋天，在鳳姐和賈母的十八道金牌下才戀戀不捨的走了。

林大人難過了好久，最後還暗暗的幫賈璉活動了下，讓他去戶部補了個實缺。雖然是從芝麻點大的筆帖式做起，可賈璉腦袋活、算盤精，居然做得有聲有色。

此時黛玉返家已經一年，再怎麼驚世駭俗也都習慣了。林大人安慰自己，也不是很仙姑，讀書女紅都沒放下啊，喜歡練武怎麼了，強身健體。

至於畫符的問題，他完全視而不見的逃避事實。

再說吧，女兒醫術可好，仁心仁術呀。

林大人的身體一直都不太好，之前捎來的培元丹效果還不錯，也只能少受幾場風寒罷了。結果黛玉居然能開方，給大夫看過沒什麼問題，幾服之後，卻大有裨益，真是完全沒想到。

那條白蛇吧，看久了也就慣了。非常巴結，會用尾巴捲著磨墨，讓林大人滿臉黑線的跟賈璉有同樣的感慨——這東西成精了。

罷了，玉兒也沒什麼喜歡的東西。素面朝天，不飾金玉，衣服除了木棉花一概不繡。就愛養條蛇也就養吧。

林大人非常努力的接受事實，連準人瑞都異常感嘆。

真是不輸杜芊芊她爸的絕世好爹。

林大人是早產兒，原本身體就會比較虛弱，祖上遺傳底子更不好。再加上，求子心切，吃了太多亂七八糟的補品，廣納姬妾的結果就是將自己掏空了。

努力到最後，幼子早夭，髮妻傷心而逝，其實他沒有多少生存欲望了。將黛玉交給賈母，其實也有託孤的意思。

這是心理不健康帶動生理更不健康。

準人瑞本來不會弄得那麼奇行怪僻。只是生理上的疾病好辦，好歹她也有幾世的醫學知識，糊都給他糊好。生存意志低的心理問題才是真正困難。

所以她大剌剌的讓林大人知道，你不管的話女兒真的會變成仙姑。

璉表哥和林姑父的父子情，也不乏她不動聲色的推動。你不管的話，這孩子不知道會迷失到哪去。

人的心需要惦念。有了惦念就會有勇氣面對生活。

她知道的。

因為，她不但當過別人的母親，最後還當了很多人的祖宗。

* * *

回揚州之後，準人瑞可以說過得很愜意。

反正是無法達成的任務，完全沒有心理負擔，想怎麼過就怎麼過。除了沙包略少，小有不足，其他真沒什麼可嫌了。

是的，自從將那兩高人帶白余子沉江後，再也沒有刺殺者了。準人瑞會這麼算了嗎？當然不。記得她還留了一堆葫蘆裡的妖鬼嗎？

坦白說，返咒是個高深的神棍技能，準人瑞只是囫圇吞棗的啃了一堆書，完全紙上談兵。現在有了實驗的機會，那還不卯起來嘗試？

日常管家、替林大人調養身體、習武修行外，閒閒就搗鼓這些。運氣好的，就是不小心把妖鬼爆了，施法者頂多因為心血相連，妖鬼一爆跟著大病一場而已。運氣不好，準人瑞施法成功，妖鬼失敗抓狂返回追殺原主人，那樂子就大了。

偏偏這屬於自作自受，不算執行者殺人，天道不管。對這麼明察秋毫的天道，準人瑞都想替祂點個讚。

可惜教材有點少。更可惜的是，居然沒人想來找麻煩，這讓準人瑞感到有點寂寞。

揚州的「同道」異常的少，這讓準人瑞稍微有些意外。想想也是，末法時代修煉日益艱難的環境下，依賴外物的情形就越嚴重。天下最好的藥材和靈物自然匯集在京城。

連邪魔歪道的奪人氣運福緣，品質最好的當然也是在京城。傻子才花大力氣大修為奪些殘次品。

因為有公子白的存在，所以準人瑞知道揚州城有妖怪……全是小蝦米等級，連半殘的公子白都能卓爾不群、傲視群妖，可見末法時代的威力多麼不凡。

是的，公子白真的是半殘了。被人類這麼整過，神魂俱傷。雖然準人瑞讓他跟著，卻無意限制他。對公子白最好的療養不是湯藥，而是在山林中吸收天地精華。真有撈功德的機會，再將他喚來就是。

可這孩子有點雛鳥情結，對準人瑞那叫一個依戀。

偏偏他是條很俊的小白蛇。眼神冰冷清亮，眼尾微揚，右眼角還有顆胭脂淚痣。抬眼看人時，有種懵懂的無辜，讓羅清河時代養過蛇的準人瑞特別不忍。

所以不管林家怎麼雞飛狗跳，她還是默默的養著公子白，更奢侈的用各色寶石熔煉，耗費鉅資的擺了個很小的集靈陣專供公子白棲息。

要不怎麼說是靈獸呢？連親爹都沒發覺，公子白卻來揚州不久後，很快的發現了黛玉一體雙魂。對仙草，有種肇因於靈氣的先天好感。但是卻對準人瑞充滿了執著的依戀。

準人瑞不在意。雛鳥情結嘛，沒辦法。當年她養的玉米蛇也是如此。破殼後就是她在照顧，養了將近二十年，最後撐著看她最後一眼才死去。

不喜歡其他人，不喜歡同類，只喜歡自己待著。最喜歡的只有破殼見到的那個人。

於公子白而言，助他脫離那個噁心的人魂，大約也等於二次破殼吧。

賈璉回京那年冬末，沒有冬眠卻異常焦躁幾個月的公子白終於解脫了。雖然身魂尚未完全痊癒，修行被污，以致於無法成蛟，可額頭鼓的那兩小包終於冒出角。

只是誰也沒想到，會是一對……鹿茸。

一條纖細的蛇，頭頂著比牙籤沒粗多少的雙叉鹿茸，一臉的無辜和困惑。

準人瑞捂著嘴，還是沒忍住噗的一聲笑出來。

公子白怒了。

他盤在屋頂的樑柱上面壁賭氣，怎麼哄都哄不下來。還是準人瑞堆了一籮筐雞蛋，說好說歹，他又真的餓了，才眼角帶淚的爬下來吃飯。

呃，一朝被蛇咬，十年怕井繩（？），公子白誤吃食物吃出心理陰影。現在他只吃雞蛋，而且還得是孵不出小雞那種。不過那個食量就真的很驚人了。

長出角，公子白算是更上一層樓，正式成為大妖，能夠變化形體了。

第一回，他興致勃勃的想變成人。準人瑞看了，啞口片刻，感慨他從來沒見過南瓜稻草人，卻能變得有87%像實在不容易……雖然長了角。但走出去不是雞飛狗跳而是鬼哭神號了。

他自己看了鏡子也默然一會兒，改變成一隻貓。這次變得非常惟妙惟肖……只是貓頭上還是一對很萌的鹿茸。

滾來滾去，大大小小變了一圈，有的很像有的很可笑，只是頭上那對鹿茸，還是雷打不動的存在。

恢復原形，公子白盤在準人瑞膝上泫然欲泣。

摸著他還有點軟的鹿茸，準人瑞安慰他，「慢慢來，一口不能吃成胖子。」

公子白抬頭，滿眼迷惑，「我只想把角變掉，不想成為胖子。」

「…………」

但他們都疏忽了林大人。

公子白喜歡林大人。

起初只是怕林大人把他扔出去，聽說人類當兒女的不能違背父母，公子白很緊張的去巴結林大人。

但是林大人真的好好。喝茶的時候會特別留一碗給他，還告訴他燙，晾晾再喝。會誇獎他墨磨得很好……雖然表情有點僵硬。

結果長出角的公子白毫無所覺的去磨墨，林大人瞪著他全身都僵了。

好一會兒才一點一點的將目光從那對鹿茸挪開，當作沒看見。卻等墨都乾了也沒寫下半個字。

林大人每天飯後都要練上半個時辰的書法，這就是公子白的巴結時間。

這天林大人真的受到了不得的衝擊，最終還是草草了事，避著公子白拉著黛玉非常嚴肅的想談談。

養蛇已經快突破他的上限了，何況那條蛇還長角，必是妖怪無誤了。

這讓林大人怎麼淡定得了。

準人瑞有點頭疼。想了想還是決定刪刪減減將公子白的來歷說了。公子白怎麼可能是妖怪，他血脈尊貴，若不是白余子橫插一槓，公子白早化蛟了。

雖有波折，他還是靈獸。將來會化蛟，成龍，遨遊於九天之上，有可能與天地同壽。

「只可惜，」凖人瑞很遺憾，「人類壽算淺薄，大約是連他化蛟那天都看不到了。」

林大人是個傳統文人，感情豐富。他也沉默下來，讓黛玉早點睡，就默默離去。

第二天他看到一隻白貂在書案上忙碌，洗筆鋪紙那一整個殷勤。抬起頭，一對鹿茸，原來是那條小白蛇。

變成白貂，表情也豐富了，微笑很明顯。

兩個小爪子抓著墨條，吭嗤吭嗤的磨墨，墨點濺到臉上很滑稽。

日日都能見到這小東西，好像永遠都會看到他，其實不然。

所有的緣分，其實都很淺薄。

最疼愛的女兒勢必要出嫁，永遠要離開他的身邊。但是小白蛇……連他化蛟都見不到，終有天會將這小東西拋下。

真不忍心。真不能鞠躬盡瘁、死而後已啊。

哪怕多一天也好。他也想當女兒的支柱，想多陪陪小東西。

他伸手，公子白縮了縮脖子，卻沒躲開。林大人的手覆在他頭上，好大，好溫暖。

公子白閉上了微微上翹的眼睛。

後來林大人訂製了一個很小的茶碗，剛好讓變成白貂的公子白捧著。還有成套的小碟子、小飯碗，專門分他一點點茶點。練完字會跟公子白聊聊天，喝茶吃點心。

公子白有點難過的對準人瑞說，「林大人很寂寞。」

準人瑞靜默半晌，輕嘆，「是呀。」

這時代的禮教很嚴，嚴到她這年紀的女孩子沒有多少時間能跟父親相處。同桌吃飯都算是衝擊禮教上限了。

只有兒子屬於父親。

回到父親身邊，絳珠特別開心，連涵養進度都是以往的十倍。但也特別內疚，依舊為了下凡導致林家絕戶耿耿於懷。

只要是準人瑞和林大人請安吃飯說話，她都拚命的清醒過來，溫柔的望向父親。但是準人瑞要讓她與林大人說話，卻死活不願意，害怕再帶衰父親。

「等度過死劫，妳也涵養完全，有沒有想過將來？」準人瑞問，「妳也是正經林家血脈，招婿生子不太可能，但是若說好了以次子延續應該還是可以的。」

絳珠一秒就回絕，「好端端的，為什麼要嫁入陌生人的家裡，人坐著我站著當丫頭的差？父母寶愛我這麼多年，就是讓我去別人家當丫頭，然後當管家婆子？若我未覺前世，或許能夠熬著，現在斷無可能。

我能修煉，能有本事，能夠護著林家幾代。父親不該孤單，他該長命百歲，該有子送終。這是我欠他的。」

有進步。準人瑞暗暗點頭。能夠清楚的說明自己的訴求，並且不再動不動就掉淚。

「妳的心願，我已收到。」準人瑞淡淡的說。

可黛玉願望的第一步，卻是糊裡糊塗達成的。

翻年十二歲時，準人瑞才猛然想起。照原版進度，去年九月，林海該病逝了。而黛玉卻到十二月才奔喪。

可現在呢？

春深日暖，休沐的林大人正跟化成白貂的公子白蹴鞠。笑聲響亮到她坐在屋裡都聽得很清楚。

準人瑞想了半天，去年八、九月也沒怎麼了，中秋賞月，林大人貪涼，結果著涼了。連藥都沒有用，只是盯著林大人喝足量的開水罷了。男生不愛喝水不知道是怎麼慣出來的。

但這小傷風能讓林大人病逝？太不可思議了。

準人瑞不知道的是，起因也不是想把林大人給弄死了，只是希望他病重些，好給底下人有官商勾結的機會。

誰知道庸醫猛於虎，幾帖藥下去病情越發嚴重。原本的林大人身體孱弱，哪裡抵禦得住庸醫的折磨。於是出人意外的過世了。

可換到準人瑞代班，一直都將林大人的健康視為重中之重。自她接手後再沒其他大夫進林府了，就是想要個庸醫猛於虎也不得其門而入。

這時候準人瑞想的是，大約再一、兩年，能將林大人調養到約三十歲的精神體態。

閒適的午後，雪雁滿臉猙獰的默寫昨天學的生字，一整個咬牙切齒。

倒不是準人瑞折騰她，是她自己主動要求的。

本來是林大人一心想將黛玉往淑女培養，身邊的人未免要添幾個……這讓雪雁有濃重危機感。雖然那些嬌滴滴的丫頭被公子白（蛇形態）嚇得奪門而出，最後一個也沒留下，雪雁還是很緊張。

她是憨，是直，卻不是沒腦子。一路跟著大小姐，見她氣定神閒的撩起一角輕紗，讓雪雁朦朧的看到那個瑰麗又詭麗的世界，怎麼可能回到平淡的最初。

姑娘說，「封建王朝男尊女卑下，女子唯一能自由的路只有出家。可剃光頭實在太難看，還是當道姑吧。道姑的衣服好看得多。」

雖然雪雁不太懂，但是姑娘說的話一定是有道理的。這麼一想，嫁人生子什麼的實在太low。

她要跟著姑娘，一直一直跟著姑娘。

雪雁的心意讓準人瑞有些詫異。因為她知道這孩子有一說一，然後就固執的不會轉彎了。

原本就是將她如弟子般培養，能將她留給絳珠當臂膀也不錯。這樣才能走得更遠更愉快。

「這是很苦的，什麼都要學呀。」準人瑞說。

「我能學，呃，奴婢都能學。」雪雁堅定的說。

這就是她現在在學最討厭的認字。等她再長大一點，還得學趕車，鞭法也得學點……那可是很漫長的學習路。

希望她不要懊悔啊。準人瑞淡淡的想。

*　*　*

準人瑞和大舅的通信頻率還是保持在一月一信，只是又加上璉表哥給林大人的問候信。

自從去戶部上班後，璉表哥和赦大舅的關係好多了。大約事業是男人的膽氣，賈璉開始有當家人的風範……雖然只當大房的家。

他抱怨迎春太膽小，只能給她說個嫡幼子的親事。雖然是上司的侄兒，也不免有他的私心，但是人家世清貴，是個以名士為目標的書呆子，尤其是嗜棋如命。這樁親事能談得起來，就是這書呆子擺的棋譜，被不知情的迎春大破。

不是孫邵祖那中山狼就行了。表哥你行，幹得好。

迎春也只是順筆一提，賈璉真正想顯擺的，是鳳姐有了，他夫綱很振將鳳姐吼回房，不希罕當賈府管家大丫頭了……那能跟他兒子比麼？

而且很得意的說，女兒巧姐已經認了百多個字，會背詩了。

直到信末，才輕描淡寫，說賈元春封鳳藻宮尚書，加封賢德妃。只是封妃雙字，總覺得不太對勁。

林海已經看過賈璉的信，等黛玉看完，他問，「玉兒覺得呢？」

可憐林大人已經有幾分察覺女兒的離塵心，下意識當兒子養了。

「謚號才是雙字封號吧。」準人瑞不假思索的回答，這點常識她還是有的。

林大人嘆息，「鮮花著錦烈火烹油，怕是禍非福。」

準人瑞沉默，卻彎起一抹耐人尋味的笑容。接下來該蓋大觀園省親了吧？但是林大人健在，少了林家兩、三百萬的「橫財」，不知道榮國府拿什麼蓋園子。

「父親可不要幫著加油添火，給外祖母招禍呢。」凖人瑞淡淡的說。

林大人智商多高，自然一聽就懂，遲疑片刻說，「何至於此。」

誰知道沒幾天賈母的信就到了，打臉打得啪啪的。賈母非常大氣的跟女婿借個五十萬兩來使使。

別傻了，凖人瑞能肯嗎？只要想到原版的大觀園，一草一木、一磚一瓦都是林家的血肉築成，榮國府發了橫財，回報就是將人家唯一的骨肉逼死，凖人瑞就氣不打一處來。

最後林大人沒借一毛銀子，反過來勸大舅兄和侄兒不要奢靡浪費，暗示這省親別墅未來歸屬可能不清不楚……連「賢德妃」都未必是好事。

這事兒父女倆都齊齊丟開了。林大人公事很忙，凖人瑞要為絳珠的未來籌劃，也很忙。

至於被澆了冷水的賈母氣得一佛出世、二佛升天又怎麼了？京城離揚州三個月路程呢！她更該煩惱的是大房齊心造反，非把省親別墅的產權說清楚，不然一毛也不願意出。

榮寧兩府可熱鬧了。

只有一件事情準人瑞不解。

這一年也是秦可卿命喪天香樓的時候。可現在她還活得好好的，聽說還懷孕了。準人瑞真是滿頭問號，不知道這最大的劇情線是怎麼走歪的。

直到此時，她還不知道都是宅鎮被雷劈產生的副作用。始作俑者還是她自己呢。

可很快的，準人瑞就沒心思管京城的多事之秋，因為揚州也突然熱鬧起來。

揚州地界霪雨數月後，鬧時疫之餘，還鬧起五通。

時疫倒不是很難，原本也不關林大人的事。可林大人是傳統文人，信奉先天下之憂而憂，後天下之樂而樂。他不樂意女兒去涉險，但也不忍聽聞滿城哀號。

最後他捐家產給黛玉當後勤，在公子白信誓旦旦的拍胸脯保證後，異常憂心的放黛玉出門了。

十二歲的女孩兒，正是豆蔻含苞時。照理說稟希世之俊美的黛玉就算粗服亂髮不掩國色才對……區區士服能管什麼用。

可換上男裝的準人瑞，真心將婀娜仙草養成木棉（英雄樹），英姿挺拔，清俊帥氣的一場糊塗，儼然濁世佳公子（SS號）。看得憂心的林大人更憂心的想掩面而泣。

本來公子白想變得祥瑞點，比方說白鹿之類。可惜他沒有變鹿的天分，上半身變成鹿了，下半身卻像鰻魚，在地上打著滾爬不起來，讓準人瑞很默然。

雖然有點不對，但這是公子白版的……魔羯座啊。

「……原身就夠祥瑞了，不必再變什麼。」準人瑞哄他。

他到底不甘願，又翻來覆去，終於變成個五、六歲的小童。那兩根鹿茸沒得藏，準人瑞對外都解釋是飾品。

雖然概括成時疫，事實上是流行性感冒與痢疾的綜合群。準人瑞醫術再好也不可能一個個看過去，主要是帶著大夫團教導如何甄別兩者的不同，加強隔離防範，對症下藥而已。

一開始當然沒人服她，可誰讓她爹位高權重又有錢呢？這可恨的官二代兼富二代偏偏還非常有本事，開出了能治癒大部分人的通方，將這場時疫的可怕降到最低。

人還見疫情控制住了，飄然遠去，深藏功與名。

可林大人沒兒子啊？想來是義子吧，嗯，林大人賺大了。

只有異類才能看破她的手腳。黛玉的絕世美貌被五通神盯上了。

五通神又稱五猖神。是至淫的靈物，以美男子的形象出現，專淫人妻女。江南鬧五通神已經很久遠了，鬧到揚州城也不是什麼稀奇的事。

一直都為所欲為的五通神非常興奮的入侵林府。

剛把男裝換女裝的準人瑞看著這五個淫笑的「男人」，也笑得挺滿足。

畢竟只在聊齋出現過的大反派在現實現身，真不是容易的事情。最重要的是，今年十二歲了，身量稍有不足，但也夠用了。

雪雁揍一個，公子白扛兩個，剩下兩個剛好引到巷道，打時間差輪流掄牆，真讓她掄出原形。

原來是兩頭豬、一匹馬、一頭牛、一頭驢。形體都是同類的兩三倍。

身上貼著泰山符動彈不得，口出人言拚命求饒。

黛玉小隊動作太快，等林大人聞訊趕到，只見惡貫滿盈的五通神已經全趴了。

可林大人還是腦袋為之一昏。女兒似乎往仙姑的道路義無反顧的大步前行了……

「……玉兒!!」林大人怒了。抓是抓到了，可現在怎麼發落呢這是?!

準人瑞卻有點誤會，「父親別怕。很快就能解決了。」

她原本是想宰了了事，可又覺得不甘心。哪有一死了之就算了？所以她雇了幾個閹豬的，替這五通神除了煩惱根。

然後用自製的鎖仙索當轡頭，讓你往東不能往西。民間耕牛馱獸非常不足，這群巨大的牲口可頂了大用。

原本神氣得不得了的五通神，開始了他們去了煩惱根後的苦役生涯，同時成了揚州一景——五通助耕。甚至被列為最奇呢。

林大人跟女兒談人生的結果，就是被女兒再次忽悠到找不到北。回房才醒悟過來。揚州不能待了啊。已經開始有流言了……這仙姑的名義一坐定，女兒還嫁得出去嗎?!他更積極的尋求回京述職。

準人瑞是根本沒放在心上。不過是群小俗辣，打發就打發了。

只是公子白驚喜的發現，被污的道行洗白了很多。看起來阻止時疫蔓延、打敗五通神是功德呢。

「喔，那就簡單了啊。」準人瑞點頭。

她這一點頭，大半個江南妖怪界因此雞飛狗跳的不得安寧。

雖然很想，準人瑞終究沒有帶隊。她敢頂著黛玉的殼出門，林大人非瘋給她看不可。

所以只有公子白帶著雪雁巡江南替天行道。

但是最萬惡的是，公子白已經是妖怪界的食物鏈頂端，準人瑞還成了最大的靠山和幫凶……各種功用的靈符載滿了一馬車。

想想準人瑞練習畫符多久，想想那些練習作有多多吧。再想想境界不知道高到哪去……完全是欺負小孩。

連練習趕馬車，年紀才十一歲的雪雁。武力之高，凡人已經無法阻止她了。她那不科學的直覺比視覺靠譜太多，恐怕妖魔鬼怪都無法與她抗衡了。

準人瑞很放心的送他們走，然而這真是江南妖怪界的浩劫。

公子白倒沒有大殺四方。他本質上還是很純淨的稚子之心，可惜近準人瑞者歪。他很固執的同意「萬惡淫為首」，所以首先倒楣的是狐狸精。

狐妖嘛，能不採陰補陽或採陽補陰嗎？立馬撞上公子白的矛頭，直接捆了一打，滿世界找閹豬的。要不是人生地不熟，這些狐狸精下半生的幸福就此終止了。

結果吧，狐狸精的親戚好友嚇得魂飛魄散，趕緊跑回家求族裡長老出面。可狐狸長老也怕快成蛟的公子白呀！只能放低姿態苦苦哀求。

公子白也猶豫許久，和雪雁交頭接耳商量了半天，最後發現律法裡姦淫罪只是挨打徒刑，也沒有死刑之說。

所以，雪雁親自執行杖刑……一百，然後找個地兒將狐狸精一關，取個整數，刑期一百。當然，別指望公子白會管飯，自己想辦法吧。

準人瑞的靈符真的是質量保證。

採補的都這麼慘，吃人的還用說嗎？要不是臨行前準人瑞要他慎重，不要輕易殺人（妖），真的要血流成河了。

但是挨打受刑的妖怪淚流滿面。還不如一刀殺了呢！那個人類小女孩是怎麼回事，被她打過就骨碎筋柔啊！孤僻點的這日子都沒法過了，沒人送飯實在太苦。

短短一年，江南被犁了一遍。一個妖怪都沒死，但眾妖生不如死。

要不是林大人要進京述職，公子白和雪雁還捨不得回來。

他們搭船離開揚州的時候，妖怪們都來歡送，禮物堆積如山。一離岸，眾妖只覺得風也清了，天也藍了，妖生都圓滿了。

可惜只有短短的一瞬間。

因為公子白的傳音符瞬發，說，他已經學會飛行，從京城到江南幾息可至，諸君自重。

眾妖抱頭痛哭。

當中詳情，其實準人瑞知道的很有限。

公子白和雪雁將她想得太善良，所以很是刪減和含蓄。雖然她知道一定沒說全，不然那些妖怪不可能歡送成這樣……但是算了，也沒鬧出什麼大事。

只有林大人黯然神傷。他完全拒絕去想那些禮物是什麼東西送的，更不想知道公子白和雪雁是怎麼「替天行道」。

他只想趕緊到京城，趕緊的替女兒找門好親事。公子白和雪雁還是留著禍害他就好了，千萬不能讓他們跟著黛玉過門。

秋天啟程，抵達京城的時候已是冬天。京城林宅早已經派人來打掃翻修過了，林大人死活都不肯去榮國府小住，拜見賈母還是五天後的事。

別開玩笑了，翻年黛玉就十四歲。連他遠在江南都聽說了賈寶玉的風流軼事……跟姊妹同住在大觀園，還直闖表妹的閨房哩！他瘋了才會讓玉兒羊入虎口！

連去榮國府拜見賈母，他都嚴陣以待的派了四個嬤嬤保護黛玉，特別允許她們犯上！譬如說將某個表哥從房子這頭揍到那頭之類……

雪雁沒有接到命令，卻也攢了攢拳頭。

準人瑞無言。其實就綜合武力值來說，她才是最危險的好吧？不過算了，當爹的遇到愛女智商就降破地平線，沒事，她了解。

其實準人瑞剛好避開最熱鬧的這一年。大觀園落成，元春省親。寶玉和一群姊妹搬進大觀園。像是傳得林大人都知道的閨房事件，就是賈寶玉闖史湘雲閨房幫她蓋被子還讓她替自己梳頭。

雖然很多事情都改變了，像是大觀園的規模縮小得剩下三分之一……但是金釧的命運沒有改變，還是因為跟寶玉調笑，被王夫人打了一巴掌趕出去，憤而投井了。

為什麼準人瑞能知道這麼多呢？鄉親啊，榮國府漏的跟篩子一樣，每個丫頭婆子舌頭都比身子長啊。雪雁這麼憨，幾把瓜子和銅錢就聽了滿耳朵八卦，要不寶玉、湘雲的事情怎麼能傳出府呢？

賈母倒是待她很親熱，拉著她摩挲，硬等到寶玉來請安，還做球想撮合。賈寶玉一看到黛玉魂都飛了……畢竟黛玉漸漸長開，紅樓夢顏值擔當不是開玩笑的。

可惜準人瑞不配合。四個嬤嬤一湧而上，雪雁虎視眈眈，更不配合。

準人瑞邊蓄勁邊想，沒想到賈母沒放棄那蠢念頭呢……可惜得服膺天道規則，不然真想將這禍源消滅。

此時薛寶釵很巧的來請安，將賈寶玉牽走，才沒有爆發流血衝突。

然後林大人黑著臉來跟賈母拜別。他只恨居然被賈政絆住了，沒來得及拯救女兒於水火之中。

林海這種防賊似的態度將賈母氣了個倒仰，可父女倆都無動於衷，拔腿就走，根本沒當回事。

本來還在遺憾沒見到大舅舅一家，誰知道隔天休沐日，大房全家都齊了。

赦大舅、邢夫人、賈璉、鳳姐，連賈璉的女兒巧姐兒與小兒子賈英都來了。

一般來說，都是男客歸家主引去前院書房招待，小孩和女眷到後院招待，可一直有些罔顧禮法的赦大舅大手一揮，「都是骨肉親戚，分那麼清做啥？」硬是全家在花廳坐下，鬧哄哄的像是鄉下老農走親戚，一屋子熱鬧起來。

黛玉上前拜見，赦大舅笑得牙不見眼，「瞧咱們黛丫頭已經是大姑娘了呀！長得跟仙女一樣……我看什麼寶琴、寶釵、湘雲之流，三個捆起來都比不得咱們漂亮的黛丫頭！」

邢夫人拉著黛玉的手噓寒問暖，賈璉攜著鳳姐和兩個孩子對著林大人行大禮。

「行了行了，折騰什麼。」赦大舅心疼，「別折騰我兩個孫孫。」

林大人無奈，但實在是高興的。林家實在是太冷清了。雖然於禮不合，偶爾為之就算了。

兩個孩子不怕生，賈赦抱一個，林大人抱一個，熱熱鬧鬧的談起兒孫經，居然很和諧。

準人瑞坐在一邊微笑。讓她詫異的是，以往最愛說笑、最愛出風頭的鳳姐居然也斯文起來了，眼神一直沒離開孩子，充滿慈愛。曾經的神仙妃子現在卻異常樸素，一路上都是自己抱著賈英，只讓奶娘跟在後面。

她仔細瞧了瞧胖嘟嘟牙牙學語的賈英，放著平安符的金鎖倒還掛著，但是平安符原本能擋災三次，消磨的只剩下一次。

原來如此。

準人瑞卻沒有一點意外的感覺。事實上，賈英在原版裡理應存在……只是小產沒了。想想也是，賈璉沒兒子才最合乎賈母和二房的利益……不然這爵位想落到二房太沒戲了。

想來鳳姐一定是吃了極大的教訓。

她吩咐雪雁將平安符悄悄拿給璉表哥，賈璉一凜，望著她點了點頭。

這次「鄉下人會親戚」很成功。

赦大舅真的靠金石出道……呃，出名。認識了一堆清高的金石玩家，活頁冊記錄法大受歡迎，赦大舅根本就沒藏著掖著的意識。現在他們那個小圈子正琢磨著想出本扇譜呢，赦大舅特聘了個擁有一屋子珍藏卻窮得快沒飯吃的同好，感情好到快穿同條褲子，可那人姓石，外號石呆子……

嗯，她沒記錯的話，原版賈赦想買石呆子的舊扇子未果，賈雨村將石呆子抄家了，給賈赦全弄來。

日後這原是賈赦的大罪之一。

為什麼會化干戈為玉帛……這裡面的因果太深了，準人瑞實在看不懂。

邢夫人倒是開心多了，胖了不少。她拉著黛玉嘮叨的時候，倒是不經意提到家裡少了很多不省心的東西。

這時候還不懂破了宅鎮導致榮寧兩府的男人都呈現聖人狀態，準人瑞也就白活了近百歲和七個任務了。

可就這麼點小事……或許對這時代的女人來說，不是小事吧。丈夫少花心就是可望不可及的渴望了。甚至，不用對她們太好，就能喜出望外。

難怪通透的絳珠死活不肯嫁。

邢夫人如此，鳳姐也如此。聽說她肯放下管家權好好養胎，就是因為賈璉作主將平兒嫁出去，並且說，他不需要妾室更不要通房，他就是要嫡養的兒子。

後來賈赦和賈璉常來拜訪林大人，邢夫人和鳳姐就少了。沒辦法，賈母不高興。賈璉當面跟她要過平安符，愁容滿面同時悶著怒火。「多給幾張吧，怕不夠用。」

準人瑞隨手從袖裡（其實是紅寶石戒指裡）抽了一打給他，「這不是辦法。」

「唔，我爹要我尋求外任。」賈璉愁笑，「把妳嫂子和外甥、外甥女都帶上。」

準人瑞詫異，想了想，點點頭，「謀個縣令，應該不難。雖然外頭清苦些，但是安全多了。」

賈璉擦汗，「表妹委婉點。」只沒差說榮國府是龍潭虎穴。

準人瑞指了指平安符，賈璉立刻啞了。

「……可把兩老扔在京裡，怎麼拔得開腿？」賈璉無奈的說。

「不是還有我爹和我嗎？」準人瑞淡淡的說。

賈璉懸著的心立刻安定許多。別人不知道，他知道小表妹是有大本事的。當然，林姑父也很有本事，只是兩種「有本事」南轅北轍不能比的。

雖然林海進京後被今上晾在一旁，幾個月都沒有任職，但這是非戰之罪。他是太上皇欽點的探花郎，並且將他點去江南管鹽政，卻有投靠今上的跡象，不太聽話了。太上皇要壓壓他，今上也只能吞忍，先晾著再說。

可終究只是暫時的，過去人脈累積還是很豐厚。想替賈璉謀個芝麻縣令，太簡單了。何況不太挑，靠西北的小縣也願意去了，那還有什麼好說。

只有戶部侍郎，賈璉的頂頭上司不開心，跟林大人嚷上了。他還巴望林大人有這樣的子姪再送一打來，居然搶去地方當個小縣令?!這人有沒有一點眼光？

林大人安撫老朋友，年輕人還是得多出去歷練，歷練回來還不來戶部賣命該哪去？人的眼光要放長遠。

這事辦得倒快，一來小縣群龍無首，快亂了，求縣令若渴。二來殺賈母個措手不及……怕大招啊！兩孩子都小呢。

賈璉一家出京，賈母和二房還不知情。

林大人和準人瑞倒是到十里亭送別。瞅著附近沒人，準人瑞才親手將一張招龍符交給賈璉。

說是招龍，其實只能招蛟蛇。

「萬一遇到什麼應付不了的邪祟，燒了這符，公子白說願意幫幫你。」

「公子白」三個字勾起賈璉不敢回想的回憶。

緊張的環視，發現一旁站著眉清目秀、約五、六歲的漂亮小童……額頭有忽隱忽現的兩根鹿茸。

……真的成精啦！

「多謝公子白。」他顫顫的彎腰。

漂亮小童只是對他點頭微笑說，「不客氣呀，璉表哥。」

……絕對，絕對要在最後關頭才用這張符。

他懷著敬畏的心情（絕對是畏占絕大部分）踏上了旅程。

其實璉表哥的「敬畏」有點可憐，不只是公子白是條蛇的陰影。

自從公子白到了京城，嗯，多了很多洗功德的機會，威壓日重……所以璉表哥能直面公子白已經是很有勇氣了。

江南多的是妖怪，京城成氣候的卻是「同道」。對公子白來說是新仇加舊恨，而且靈獸望氣是天生本領，基本不會誤傷……所以京城也非常熱鬧，雞飛狗跳、鬼哭神嚎。

其實吧，公子白是妖怪界的食物鏈頂端，綜合實力那是上上等，可以傲視京城同道。可是總攔不住有些人擁有特殊專長呀。可能鬥法是渣滓中的渣滓，偏人家對收妖特別有心得，公子白難免要落下風。

像是他頭天在京城想大展拳腳踢到的鐵板……人什麼都很弱，偏偏是祖傳的屠龍氏，生生把飛舞在天的公子白打下來，情況非常危急。

可落地打滾後，公子白化為人身，還是五、六歲的小童模樣。

屠龍氏一門輕蔑的撇嘴，一湧而上想制住這條蛟蛇……靈獸呢，不管批發零售還是完整拍賣都賺大發了。

袋。

公子白只跟準人瑞學了一招法術，叫做袖裡乾坤，說開了也就是將袖袋化為儲物於是本應該是靈獸的公子白，從袖裡掏出大把符，將撲過來的屠龍氏一波流※了。

他連妖怪都不殺，哪會殺人。只是被一大把泰山符壓得餡都快流出來的屠龍氏非常吐血，完整體悟了江南群妖的生不如死。

眾生平等，人類不能例外。他起頭整治的就是騙財騙色的淫道淫僧，一百棍不可少，關上一百年也不能省。這次他仁慈多了，直接將這些淫棍關在原住處……親戚好友送飯方便不是？

但京城同道可不這麼想。他們恨公子白恨得快出血。特別不講規矩，特別多管閒事。靈獸就靈獸，憑天生本事啊!!會扔符是哪招？符那麼高檔是哪招？等團結起來想給他好看的時候……特麼的連陣法都會用了，還特別厲害!!

公子白壓迫眾生。

※遊戲術語。就是將怪聚起來，一起用群攻技能（AOE）一次消滅，稱之為一波流。

但他還是有點懵懂，跟準人瑞說，「原來好多人是和尚或道士的兒子。」

準人瑞啞笑。

其實生不出孩子是普遍現象。沒辦法，這世界的男人普遍早秋，把身體掏得很空，連蟑螂都別想生出來。但是孽是男人在造，雖小的卻是後院女人們。那能不求子嗎？這就給淫道淫僧機會了……

「尼姑庵多注意點。」準人瑞提醒，「藏污納垢的，都快成淫窟了。」

「那是。」公子白感慨的點點頭。

雪雁有點鬱鬱。因為她出不得門了。在京城，她是林姑娘的丫頭，是姑娘的門面，所以得斯文乖巧，大門不出、二門不邁。

但是姑娘從來不抱怨，所以她也得努力忍著。

林大人愛女若命。到了京城，他不在意自己的官職，卻非常在意黛玉的聲譽。

十四歲的姑娘該有自己的交際圈，也得在外走動了。不然養在深閨人未識……怎麼嫁出去啊!!

他沒有夫人，連五族內的親戚都沒有，只好求好友同窗同年的夫人帶一帶黛玉。

準人瑞對這傻爸爸是很感動的，所以表現得也很優異。

頭回黛玉亮相，那是非常轟動的。紅樓夢顏值擔當，美到真能沉魚落雁。但這不是轟動的主因，而是，林大人家的小姐，仙氣縹緲啊！氣質空靈到不敢跟她說話，連呼吸都覺得會褻瀆她。

但是人又不孤高，溫柔和藹，才華出眾，收穫了一票夫人小姐的崇拜，邀約真是如雪片般飛來。

林大人只高興了兩個月，然後就沮喪了。

歡迎是很受歡迎，可是沒人敢來提親。因為，太仙了啊！

看人才華是什麼：寫詩，道詩。書法，周易。彈琴，步虛詞。樣樣拿得出手，樣樣都高不可攀。

林大人快瘋了，又跟愛女談人生。只是跟準人瑞談人生，真的只有被忽悠的份……

但為了林大人的血壓和健康，準人瑞略略從俗，可有些事情不是努力就能辦到的。

準人瑞倒是沒覺得很煩。這類聚會就是吃吃喝喝表演點才藝給夫人們相媳婦兒。小女孩們有點爭強好勝，偶爾有點小心機、小陰謀……都還滿拙劣的。

其實吧，她也知道總有懷春少年想方設法的偷窺，這都是公開的祕密，只是大夥兒都裝不知情罷了。

她才參與幾個月的社交生活，就有四樁落水、兩樁換衣服撞見的意外了，最後幾乎都成親了。

嗯，黛玉太美，難免老有人想把湯水潑在她身上。這對準人瑞算事兒嗎？所以一直安然無恙，並且抱持著看熱鬧的心情。

只是百密一疏，某天她沒留意，被人撞進荷花池。

雪雁一個箭步沒拉住，準人瑞順勢一踏荷葉略騰空，一路踏著荷葉荷花，「飛」上荷塘曲橋，衣袂飄舉宛如羽化成仙。

萬籟俱靜。眾小姐和躲藏的眾公子下巴掉了滿地，將黛玉推下荷塘的丫頭乾脆眼睛一翻暈過去了。

她整了整衣衫，若無其事的告辭。

當天晚上，京城有個紈褲花心大少拉肚子拉得沒辦法離開馬桶，怎麼求醫都看不好。十天後神祕的痊癒了，已然骨瘦如柴。

他不知道，能夠痊癒還是準人瑞將公子白哄了又哄的結果。

公子白大怒是很嚴重的事情。不要因為他很萌很可愛就忘了他的原身是條蛇，不但很毒，而且很擅長控制劑量。

只讓那個收買丫頭將黛玉推下荷花池的蠢蛋拉肚子，已經是他相當善良的表現了。

箇中詳情無人知曉。但是林黛玉聲名大噪，崇拜得一塌糊塗的公子小姐們尊號：謫仙。

以女子之身得謫仙之號著實不簡單。

林大人卻心灰意冷的掩面哭泣。

但林大人是個堅毅的人。

他會輕言放棄嗎？當然絕對不。所以繼續努力的尋尋覓覓。

準人瑞對他的精神很感動，所以沒有潑冷水說結果只會淒淒慘慘戚戚。她會積極面對社交生活，也是想把林老爹推銷出去……雖然他已經五十四歲。

但是讓準人瑞調養過，返老還童不敢說，可現在林大人看起來只有三十初，健康狀態也是這數字。更何況，能生出林妹妹這樣的美人，林探花郎能差？

其實林大人更能擔起「謫仙」這外號。

只是她還在苦惱人選的時候，林大人在找女婿的過程卻險險把自己嫁出去了。

事情是這樣的。戶部侍郎是林大人的好友，柴家家族興旺，書香門第，還有「四十無子方可納妾」的家規。

這當然是千百少女想嫁進來的好親事，可是柴家的女兒就不好嫁了。剛好前年柴家一個在宮裡當尚宮的姑奶奶滿二十五歲出宮了，婚事困難到姑奶奶想自梳不嫁了。

可姑奶奶當年十三歲入宮，其實是為家族犧牲。苦熬十幾年全身而退，還給家族許多幫助，看她孤苦終身，那怎麼能行。

正巧林大人來柴家時，剛好讓準備出門的柴小姐看到了，雖然芳心萌動，還是仔細打聽了，想得很清楚後，就「凰求鳳」了。

林大人整個懵了。都五十四歲了還有特大桃花來襲，讓他像個年輕小夥子爆紅著臉轉身而逃。又覺得這樣讓人家小姐很困窘，心下非常忐忑。

通管林家的準人瑞能不知道嗎？林管家第一個反了，立即密報。可憐這個快七十的老人家心心念念的就是林家別絕嗣，能有一絲希望都不放過。

考察是一定要的，絳珠的意見也得重視，於是準人瑞去柴家作客特別和柴小姐聊天，她有心，柴小姐有意，絳珠對她也很喜歡，一拍即合。

身世清白，長相秀麗，勇於追求，完全沒問題。

準人瑞私心更喜歡這種有勇氣、有見識，拿得起、放得下的女性。從來沒有只准男人追女人，而不准女人追男人的。重要不是誰追誰，而是能不能理智尊重的追。

再者，她從來不覺得寡婦再嫁或鰥夫再娶有什麼不對。一生追悼亡夫或亡妻似乎很淒美，但是淒美是別人在淒美，日子多麼剜心是自己在過的啊！

任何人都有追求幸福的機會。

絳珠有點開心，卻也有點難過。想來任何子女對父親要娶新婦都是這樣的吧。但是真正愛父親的女兒，絕對不會阻止父親擁有幸福人生。

於是林大人驚恐的面對女兒的勸說。他是想把黛玉嫁出去不是把自己給嫁了！

但是準人瑞誰？累世（畫）虎（畫）蘭大家，煽動蠱惑的第一把好手，不要說讓林大人找不到北，連東西南都摸不著邊！

林家絕嗣，這個罪人林大人擔不起吧？

想嫁女兒，沒個母親填坑，喪婦長女能行麼？

最後，柴小姐婚事再不成就要自梳啦！再想找個這麼通情達理見識非凡的宗婦，那真是過了這村沒有這個店了。

可林大人還是保有一絲理智頂住了，「玉兒不要說那麼多，什麼嫁人，妳根本沒那個心吧?!」

準人瑞靜默了一會兒，有些無奈的說，「爹，這世上沒有任何男兒配得上你的女兒。何況女兒志不在此。只願修長生，護衛林家後代，吾願足矣。」

林大人熱淚如傾。

其實他知道女兒是留不住的。就是怕她哪天飄然遠去，才這麼努力的給她找親事。終究還是，沒有辦法。他真的想對仙師埋怨啊。

最後他同意了這樁婚事。

因為玉兒說她願護林家後代，起碼要有後代給她護才行。

最少這樣她不會離開。

因為雙方的年紀實在不能拖了，三媒六聘火速進行，三個月後柴氏坐著大紅花轎進門了。

雖然柴氏發現林家異常聊齋風，但是當過尚宮的人就是不一般，非常穩得住，對待形態老不一樣的公子白很和藹可親。再說她也沒什麼心力想太多，過門兩個多月就懷孕了。

雙喜臨門，柴氏確定懷孕的同時，林大人任刑部侍郎。

對官職林大人不大在意，柴氏懷孕卻讓他慌得找不到手腳，這幾個月度日如年，柴氏生產時，他差點沒把門撓破。

年過半百，他終於抱到自己的兒子了，喜極而泣。

準人瑞很感到安慰，回房之後，放鬆下來，將身體交給絳珠。不然憋著太難受了。

接掌身體後，絳珠大哭，哭得一點美感都沒有，眼淚鼻涕齊出。起碼哭溼了一打手帕。

她能理解她的心情，真的。

絳珠真的是棵非常善良的仙草。多少仙人臨凡造成了原生家庭的破碎，毫無負擔的拍拍屁股就走了，像是破石頭賈寶玉。

仙草就是太善良了。

不過就是因為這樣，即使知道怎麼折騰任務都不會過，準人瑞還是願意為她盡心盡力。

這場大哭後，可能是絳珠的心結解開了，在左心房的仙草，結了一個很小的花苞。難得的進展。或許涵養靈魂真的能有進度了吧。

黛玉的死劫在十六歲。距離這時候也不過一年多了呢。

準人瑞開始記筆記。實在她沒有系統性的學習神棍技能。不過即使有些二二六六，但在這世界已經是無敵的存在了。至於修仙法訣……還是選了琴娘時代爛大街的太陰綱要。

不必太高深，成熟求穩最要緊。

絳珠有仙靈之氣打底，築基沒有問題，其他的真的只能看命了……畢竟是末法時代了嘛。

雖然她學會什麼，也等於絳珠學會什麼……還是想把這些整理好都給她。總會有記岔的時候，萬一因此走了彎路多可惜。

「不要把繼母當成生母。」準人瑞不大放心的說，「把她當成一個親戚……像是邢舅媽。不，我不是挑撥妳們母女感情……而是這樣的距離是最妥當的。妳把她當成親娘，就會有很多要求，只要有一點做不到位，就會非常失望。

但是妳把她當成阿姨、舅媽，對她就不會有什麼要求，只要她對妳一點好，就會覺得溫暖、愉悅。不要熟不拘禮，別有求全之毀。雖然她嫁給妳父親了，終究不是親生母親，給彼此都留餘地，才能長久相處。」

一直很沉默的仙草未語淚先流，「所以妳要走了？」

「……還不到時候。」

以為還要安慰她很久，絳珠抹了抹淚，強忍著。

越來越有進步了呢，仙草。

於是十六歲，正式跨過死劫那天。花苞成熟，緩緩綻放了。

紅色的仙草開著雪白的花，那花嫋娜纖美如亞馬遜百合，含羞帶怯的垂著頭，氤氳的靈氣和香氣相雜，一個極小的姑娘凝形在花下。

……所以是拇指姑娘或花仙子路線嗎?!

小姑娘漸漸長大，五官跟黛玉一般無二，仙草和花漸漸縮小，小到能戴在小姑娘的髮髻上。

魂魄終於涵養到位。這意味著，很快就要分離了。

那晚絳珠和準人瑞說了很多話，心情有點感傷，很晚了才真正睡去。

……但是說什麼也沒想到會這般「醒來」。

不，嚴格來說，她們還在睡夢中。只不知道為什麼魂魄會一夢而遊，一凝眸，石碑上書「太虛幻境」四字。

絳珠滿眼迷惑，飄飄蕩蕩走在前頭，「這裡，我來過。」

「可不是。得覺真性，大喜。吾等特來迎仙子回天……」跛足道人不跛了，癩頭和尚不癩了，穿得光鮮飄逸，很有高人氣質的漫步而來。

準人瑞低頭看看自己的手，又摸了摸臉，伸了伸神識。有那麼點啼笑皆非。不知道是哪個同道還是法寶將她的魂魄引來……偏她的魂魄形態是各種巔峰啊。

「唷，好久不見。」準人瑞看著兩僧道皮笑肉不笑的打招呼。

兩僧道僵了僵。他們倆奉命用風月寶鑑將絳珠仙子的魂魄引回來，以完讖語。反正只要扣住絳珠仙子的魂魄不給走，凡間林黛玉的身體是空的，指使一具空身選棵樹上吊太簡單了。

絳珠是回來了，這個臉上有疤的女子又是何人？

正要喝問，準人瑞又開口，「琵琶骨還好麼？六年前沒穿個，到現在我還很惦念呢。」

兩僧道齊齊倒退一丈，全身的毛髮都豎起來。就知道笨笨的絳珠沒能耐搞風搞雨，原來是這異魂搞的鬼!!

慌了一下，又鎮靜了。別怕，人間不過是化身才會大意戰敗，現在可是真身！天時地利人和都在我們這邊，怕她一個孤鬼兒做甚?!

「妖孽哪走！」就將風月寶鑑照了過來。這風月寶鑑能定一切冤魂情鬼，非常厲害……

準人瑞頂著清光，一個迴旋踢，讓風月寶鑑成了一團廢鐵。

算他們倒楣，引魂還買一送一，送的那個一還真如他們所說，是妖孽。沒有肉體束縛，能力登峰造極的妖孽。

準人瑞折了折骨節，「我瞧你們沒學乖，琵琶骨還是穿個吧。」

僧道二人組非常果決的乘雲就走，準人瑞空手使了雷華圓舞曲將他倆一起「請」下來。

被泰山符壓吐血的兩高人終於哭了。

聽著兩僧道的招供，絳珠的臉都白了。

準人瑞嘆氣，「難怪。我就說秦可卿好端端的，怎麼會一睡睡死了。」

絳珠的臉完全失去血色，全身都在顫抖，憤怒的顫抖。她是很單純善良，卻不是智商有問題。

可以說，這是頭回她犯恚怒，也是頭回這個柔弱的仙草舉起葉刃。

準人瑞說，「尋截荊棘給我。」絳珠二話不說，立刻喚了截荊棘過來，準人瑞一秒就煉化了，然後，她們倆直接殺入太虛幻境。

幾個守衛過來，被砍翻，直接踩過去。

十幾個守衛過來，被砍翻，直接踩過去。

幾十、上百，風華雷華交錯，狂風暴雨，深淵蔓延。荊棘凝結成劍，如巨大月芒一閃，淵月劍法重現，無人有一合之勇。

她在示範畢生所學的巔峰，在戰鬥中教導著柔弱的仙草。絳珠的葉刃雖然單薄，但是術法一點都不單薄，她甚至在很短的時間內使出不怎麼完整的淵月劍法。

最後準人瑞將絳珠往薄命司門內一推，將大門反鎖。裡頭只有幾個柔弱的小仙，想來絳珠能處理。

滿滿當當，離恨天守衛和諸仙合圍，將她堵在薄命司之前。

「兀那惡魂，竟敢擾我離恨天清靜之地，殺傷仙官，該當何罪?!」一聲女聲喝問，抬眼卻不見人。

「什麼離恨天啊，區區一個祕境，也敢稱『天』？這『天』太不值錢。」準人瑞輕蔑的笑笑，「還不是天生祕境，人工造的，希罕什麼？」

是的，太虛幻境不是天界，就是個人工祕境。這類祕境在琴娘世界見多了，洞府就最小型的人工祕境。用遊戲術語來解釋，那就是個副本。

壺中天敢稱「天」，因為是舉世法寶防禦第一。這兒就是個極大型洞府，稱什麼「天」啊。

至於這些仙官，修為剛剛築基左右。說仙都替他們不好意思。

靜滯了一下，那縹緲女聲下令，「擾天道壞天機殺無赦！」

「誰准妳代表天道了？」準人瑞笑，冷眼看著這些守衛諸仙列陣，修為不如何，倒是近戰遠法搭配得不錯，還滿有點樣子。

「真想放開手腳大幹一場。」准人瑞嘆氣，「可惜不知道你們是不是人，斬了天道會不會生氣。」

嘩啦一聲，荊棘一分二、二分四、四分八……最後滿天都是荊棘，撲上來的近戰都被靈活的荊棘刺向琵琶骨，化作人肉砲彈扔向後陣的法師，戰到癲狂之時，準人瑞像是個荊棘所化的絞肉機，薄命司之前幾成白地，血流盈寸。

修為不高，卻很耐打呢。被大卸八塊還活著！準人瑞越發放開手腳，酣戰淋漓。

離恨天守衛諸仙，心裡越來越驚，也越來越恐怖。

無解。此人無解。三千守衛團滅，兩百諸仙逃散。

只剩浴血的準人瑞站著。表情是這樣的迷離猖獗。她沒有去追趕逃散的諸仙，而是將荊棘鞭揮向好像什麼都沒有的半空，生生的從隱蔽到虛空的警幻拖出來，直接摜在沁滿血液的地面。

「仙尊饒命！」警幻非常能屈能伸，「我只是下界小仙，行動還是得受天道左右……真的不是我的本意……」

準人瑞將她拎起來往門牆上一摜，「編，繼續編。妳以為我是誰？」

「仙尊！大能！」警幻哭得梨花帶淚，「什麼事都要講規矩吧？情鬼下凡了結公案，怎麼可以不依判詞而行……當然您老人家不在內，絳珠妹妹也不在內……」

呵呵。原來妳妹妹秦可卿（兼美）也是情鬼。讓妳喊聲妹妹真是倒大楣。

秦可卿就這樣讓妳依判詞搞死了。原本她不用死，命運線已經改變了啊。她的兒子還要人抱呢……這孩子就這麼喪母了。

先因為下凡，非要薄命不可，將原生家庭害了一遍。現在又要符合什麼鬼判詞，不知道又破損多少家庭。

「真是，想脾氣好妳也要給我這個機會啊。」

準人瑞將警幻的腦袋按在門牆上，用磨平的力道拚命擼壁。直到警幻再發不出聲音的時候，她也懶得穿了，直接掰碎了她的琵琶骨。

滿地血肉狼藉，火氣終於消下去的準人瑞抬頭，天邊烏鴉鴉一片，恐怕是援兵來了。

此時薄命司的大門開啟，絳珠滿臉血污的走出來，向她點了點頭。

準人瑞合掌，引爆了絳珠安好的雷火符。薄命司所有的檔案櫃都捲入火海中。

就在這個時候，離恨天裡的灌愁海湧起驚天海嘯，突然爆炸了。海水噴湧汽化，水平面不斷下降，沸騰如煮。

援兵被高溫蒸騰的水蒸氣堵在外頭。

「原來如此。」準人瑞苦笑，「一個破祕境哪來這麼濃郁的靈氣……收集轉化天下女子的愁怨為靈氣。什麼金陵十二釵冊，什麼判詞，大概就是接引愁怨的媒介吧。」

所以這裡的靈海才叫做灌愁海。燒了一司的文書就讓靈海爆炸沸騰。

「還有六司呢。」絳珠抹掉臉上的血污，微微一笑。

「走。」準人瑞將荊棘絞擰為巨劍，往肩上一扛，「今天正是殺人放火日。不讓灌愁海再無一滴水，這事不算完。」

* * *

太虛幻境更為雲深霧重，縹緲飄逸的更如仙境。

事實上，那是灌愁海大爆後，所有靈氣之水都化為蒸氣。使得整個太虛幻境非常的熱，原來灌愁海的上空燙得不能接近，連神仙都汽化得了。

灌愁海原址，只剩下乾枯的巨大窟窿。

準人瑞和絳珠避到太虛幻境的最中心，占據視野最好的假山。大殺後，都有點脫力，疲憊的坐在假山頂端的大石上。

絳珠帶著溫軟的笑，緩緩的倒在準人瑞的肩上，「……對不起。」

「吭？」

「本來不用這麼激進……搞到這樣，回不去了。都是我帶累了羅仙家。」

準人瑞雙眉一揚，眉目舒展的帶笑看人，「也對喔。最好就是武力展示，逼迫這群欺善怕惡的東西放我們回去。秦可卿之流干我們什麼事。」

「這樣比較聰明，可我不喜歡。」

「命運撥弄，那是沒辦法的事情。但終有『人定勝天』的機會。可神仙憑什麼加碼撥弄人類的命運？太虛幻境管的可是人口一半的女性命運。誰給他們權力，多大臉？還不准人掙扎、不准人改變？」

「絕對沒有這回事。」

「再說，我們這次和稀泥過去，將來就沒事了嗎？瞧瞧我多厲害啊，敢說是此界的巔峰……但又怎麼樣，該被引魂還是引魂，該找不到歸途還是找不到歸途。」

「拳頭不能解決所有問題，但是可以解決這裡的問題。而且也剛好給妳點實戰的機會。我若走了，就得換妳獨挑大樑。」

對待不講理的人和仙，溫儉恭良讓屁用也沒有。要有實力，足以碾爆一切的實力，讓那些不講道理的東西撞壁兼擼壁，才有機會坐下來講道理。

妳可是有一大家子放在心上的人啊。

枕在準人瑞肩上的絳珠笑了起來，非常舒心快意，不怎麼淑女，卻非常開心的笑。似乎跟羅仙家在一起，什麼事都不算事。

「蒸氣好像要散了。」絳珠看著漸漸蔚藍的天空……和天空那頭忽隱忽現的龐大援軍。

她抽出葉刃。

準人瑞卻沒有動。「呿。只有他們有援軍，我們沒有？別太瞧不起人。」

半成廢墟的太虛幻境顫抖、鳴動、地震了。

境內迷津逆流，烏黑的溪水咆哮如龍……當中真的竄出一條白蛟。稚嫩的吟叫似春雷，太虛幻境倖存的屋舍又震倒不少。

準人瑞揚了揚指端的喚龍符。

白蛟喊，「黛黛！羅！」俯衝下來，前爪一只抓一個，飛快的又衝往迷津。

絳珠呆了好一會兒，「……公子白？你怎麼化蛟了?!」

「啊？」白蛟迷惑了一會兒，大驚，「是啊，怎麼回事?!就是爬了趟迷津而已……怎麼會呢？」

準人瑞無言以對。

在林府，黛玉一睡不醒，已經是第七天。

林大人頭髮白了大半，憔悴的不得了。他的玉兒，這一生就沒幾天平安。若是這樣一夢而終，拋下老父，他怎麼受得住。

活不成了呀。

當公子白滿臉嚴肅的跟林大人說，阿爹，上窮碧落下黃泉，他勢必要將黛姐兒帶回來，千萬看好她的身子。

他知道，女兒跟這些神祕是分不開了。但是不要緊，只要她能回來，他就會修建道觀，讓女兒入道為女冠。

只要她能活下去就好。

熬到第七天，原本氣息日益衰弱的黛玉突然睜開眼睛，望著憔悴的老父親。林海大哭，讓黛玉也淚盈於眶，苦於昏睡多日，喉嚨乾枯的說不出話來。

同樣想哭的是公子白。

他知道羅的存在，卻是頭回在現實中見到她。他本能的知道，羅要走了。從白蛟化身為小童，哭著伸手給羅，她嘆著氣將公子白抱起來，公子白將臉埋在她頸窩嗚咽。

「嗚嗚，不要不要……羅，帶我走吧。」

「……那林大人、黛玉、雪雁怎麼辦呢？」

公子白嚎啕。

唉。神氣的白蛟大人哭得快背過氣，這可如何是好。

「理論上，我的壽命是無限的。我也聽說，有些非常非常厲害的神獸能穿越三千大世界。」準人瑞哄他。

公子白哭得一抽一抽的，勉強接受幾乎不可能的安慰。

準人瑞本來是很難過的。可是哭得臉都花了的公子白最後抱著她的脖子，依戀的喊，「娘！」

……坦白說，她雖然不知道公子白的真實年紀，可照描述大約離盤古開天沒有很遠。就是孵化得比較久而已。

只能無言，而所有的難過都蒸發不見惹。

# 休息時間

回到個人空間。

突然的視角轉換還是有點不適應，好一會兒視線才清晰起來。環顧四周，看到了炸毛的黑貓，準人瑞笑得一臉甜蜜，伸手奔向他，「阿玄！好久不見！」

……欸？沒事了？

果然Boss沒有騙我，過完任務就消氣了呀。他飛撲到準人瑞懷裡，「好久不見……」

久別重逢相擁一秒，下一秒他被拽著尾巴，直接掄在牆上cosplay壁虎，好一會兒才順著牆滑下來。

「……妳怎麼能夠這麼對待我?!」黑貓哭訴。

準人瑞睥睨，「讓你趁我睡覺的時候塞進任務。還是個失敗十七個學姊學長的任務！」

黑貓咬手帕，「不是我！是Boss……呃……」他卡了半天的殼，才期期艾艾的說，「旡道尊？」

準人瑞俯瞰他，有點不祥的預感。「玄尊者，你的翻譯是不是學得很差？」

「妳怎麼知道？」黑貓驚嚇，發現說脫了，立刻掩飾，「沒有很差，也有及格的時候呀！」

……偶爾及格是吧？

對個惡意賣萌的二貨生氣……困難度很大很大。

「算了。」準人瑞摸了摸他的頭，「本來想把你掄牆十次，意思意思掄個一次代表就好了。」

對喔，渾身還好痛。「就說不是我！道歉！羅妳……喂！不是吧?!」

準人瑞碰到枕頭，立刻表演何謂秒睡。

黑貓準備了一組鑼鈸嗩吶準備把她吵醒。只是，羅可怕到化身修羅的起床氣……

他還是懸崖勒馬了。

咦？能那麼技巧與美感兼具的將他掄牆，果然靈魂的創傷都痊癒了嗎？呵呵，不只是痊癒，「打斷手骨顛倒勇」，似乎巔峰又攀峰啊。

……真讓她掄足十次，黑貓貓大概就散了，得派新的分身來。

為什麼一個作家會這麼暴力？為什麼為什麼？玄尊者為他難得的走眼扼腕不已。

但是詳閱任務的時候，黑貓腦袋為之一昏。

這個失敗十七次的任務，居然在第十八次成功了。評價：超越完美。

羅到底做了什麼？

仔細查詢任務流程……除了亂來，他真找不到什麼評語。她前面十七個學長學姊最誇張也不過當個女皇帝。羅乾脆的將人家的離恨天拆了。

妳……妳拆除大隊啊！太虛幻境不是違建啊喂！

什麼亂七八糟的，這樣難倒一片人的能過?!

通盤了解後，黑貓啞口無言。

其實紅樓世界原是修真世界，之後遭逢靈氣漸稀的窘境，會站在岔路上。

最多世界的選擇是這樣，掌握大部分靈氣資源的所謂天界，會和凡界隔離，所謂天地絕。這是一段很長的過程……快的話幾千年，慢的要一、兩萬年才能徹底分開。

然後這個小千世界一分為二，天界轉化成耗損較少的仙俠世界或耗損較多的修真世界。凡界通常沒有選擇，只能轉化成科技世界。

當然也有環保和人口控制非常到位的科技世界，靈氣日益濃郁最後轉仙俠世界，也有科技和仙俠並駕齊驅和諧共存的世界。

可這是別話了，先談談紅樓的問題。

仙凡兩隔的斷絕已經開始進行了，但是被分在凡界的福地洞天未免忿忿不平。這時候，悶悶不樂的警幻想到未來仙凡真正分家後，他們這些在凡界的諸仙只能憋屈的再無寸進，末法時代來臨，只能凋零殞落了。

多不甘心啊。費了幾千幾萬年修煉成仙，難道只能得這麼個結果？

可想跟天界爭名額吧，嗯，文的沒關係可鑽營，武的打不過。看著靈氣漸稀，內心越來越焦躁。

這時候僧道兩友獻了張「移山倒海圖」，這靈氣的問題可不解決了？三個人一拍即合，分頭幹事。警幻給上面打報告想管天下女子的愛恨情仇，非常情真意切，好像真的很感同身受充滿悲憫。

僧道則是下凡開始蒐集為情所困所死的女子，送到離恨天深造鍍金，並且幫著編「判詞」，扯天道當大旗。

果然這陣一扯起來，灌愁海有了，太虛幻境有了，什麼都有了，特別是靈氣，那是大有特有。

的確，仙凡兩界分道揚鑣，離恨天的濃郁靈氣足夠他們幾個揮霍了，很可以在凡界作威作福自命小天界。但是對凡界一點用處都沒有，末法時代一直沒能徹底，甚至有意無意的被離恨天阻礙了進入科技世界的腳步。

原版中，黛玉自縊未死，得救於高人之手，最後遠洋留學，帶回來的是無數理化書籍，並且出家，被尊稱為林先生。可以說是強勢推動了科技世界的到來。

破滅離恨天其實是意外。她出家為女冠，俗家弟子滿天下，無一是男兒。可說是最早的女權運動者。

太虛幻境最怕的是什麼？是「何必覓閒愁」。當女子寧願多解幾道微積分而不覓閒愁，判詞不燒也廢了。

結果改版命書橫插一腳，黛玉淚盡吐血而亡。高人沒收她為徒，西方知識沒有經她之手傳到東方，更沒有發揚光大。女權低落還不算，被太虛幻境掌控得生不如死。

文明起碼遲滯畸形了兩、三百年，導致遙遠的未來，末日來臨時，人類還沒有準備好……

於是只好「世界已死，有事燒紙」。

但是這道題真的太難。誰會想那麼遠啊？只有最接近完成的女皇跟警幻交過手，幹過一仗全身而退。但是女皇代班了一輩子……因為絳珠終生都是仙草形態。

因為她爹林大人早早死了，仙草一直沒從這打擊恢復過來。

事實上，準人瑞也不知情。她很散漫的過日子，反正任務無法完成，想到啥做啥。最後很野蠻很粗暴的將太虛幻境拆了，也不是因為這是任務關鍵，而是這樣她老人家才會覺得爽。

結果誤打誤撞的將任務給完成了。還完成的「超越完美」呢。

有心栽花花不發，無心插柳柳橙汁……柳成蔭。

黑貓覺得有點頭暈。

他唯一想到的是，這積分還行，大約夠羅死個三、五次。

命書卷玖

# 優勢與劣勢

準人瑞破天荒問了任務後續。

黛玉最終只守著離道觀不遠的林府，沒有成為高人的弟子。但是陰錯陽差，十五年後高人收了她十三歲的妹妹當關門弟子，最後這個膽大包天的小姑娘跟高人遠渡重洋，最終成了林先生。

這位同父異母的么妹名喚林絳玉。

可林黛玉雖然表面默默無名，事實上快跟公子白聯手統一妖怪界兼同道界了，被尊為……最強女冠。雪雁一輩子都跟著她……這一輩子真有點長。

林黛玉實現諾言，看顧林家足足五代。

至於榮寧兩府，還是沒逃過抄家問罪的命運。聖人狀態拯救了寧國府，只是奪爵抄沒家產，廢貶為庶民罷了。賈珍和賈蓉父子倆孤苦無依的帶著唯一的獨苗大哥兒回鄉。

秦可卿一夢而死，賈珍跟她這版沒有糾葛，賈蓉倒是很念她的好，雖然很不幸，終究保住了她的名聲和家庭的完整。

榮國府倒有些焦頭爛額。同樣被奪爵抄家，賈政卻被問罪了。因為之前金陵甄家被抄，暗暗送了大筆財物隱匿到榮國府榮禧堂，是「不擅俗事」的賈政作主收下的。

這鍋，可以的話當然想栽到賈赦頭上。可是早幾年，賈赦就哭哭啼啼的上表，說他想孫子孫女，礙於身有爵位不能出京，懇請皇上收回爵位，他這把年紀了只希望一家團圓莫分離。

賈赦也算得上滿京城盡知己了，雖說於國於家無用，可一個清雅的金石大家也沒人指望他有什麼用。今上特別將他招來一看，白髮蒼蒼哭得一把鼻涕一把眼淚，心心念念是兒孫，觸動今上敏感的神經了。

他爹兒子多對他不甚在意，這皇位根本是傷透心隨便指給他的。他自己兒子也不少，偏偏都是不孝子，他都還沒老，每個都為了皇位明爭暗鬥了。

一下子就覺得這個將親情看得這麼重的老頭非常順眼，爵也暫時沒奪他，放他出京團圓了。

但是抄檢榮國府是既定計畫，所以沒能倖免。賈母被打擊懵了，異常想讓大兒子背鍋，可惜人已經出去五、六年，鞭長莫及。最後賈政被流放一千五百里，王夫人當年放高利貸的事情也沒逃過，跟賈政當同命鴛鴦去了。

要不是準人瑞當年心不在焉的玩過法律教化的《柴公案》，王熙鳳大概也被一鍋端了。

雖然還是奪爵抄家，今上待賈赦一房還是很寬和。以賈璉「官聲清和，廉正自牧」，沒有千里迢迢去抄賈璉的家，只是降了級「待罪立功」，算是把大房都保全了。

聽到這，準人瑞就放心了。至於賈母和二房的後續……記得嗎？她記恨，毫無寬恕精神。

所以誰管他們啊。

睡飽精神很好的準人瑞和黑貓一起期待的等待檔案。

黑貓難得的輕鬆。之前評價飆得太快，以致於接了個賠到破產的黑色任務。但是也不是沒有好處，最少個人評價跌了許多。即使不可能的紅樓任務完成了，個人評價也只到A-。

理論上不會接到紅色任務了吧。稍微挑挑揀揀，拜託羅不要太用力，別亂完成世界任務，應該可以一路平安順利……

到他們手上的只有一本任務檔案。

而且特麼的是紅色任務。雖然是玫瑰紅，還是紅色任務啊幹！

黑貓氣昏頭了，當著準人瑞的面就撥了手機，「怎麼回事你們？不會看個人評價啊?!給菜鳥分什麼紅色任務……不！她只有A-！A-是什麼你們不懂?!只有A以上才有資格接紅色任務……還是簡單的紅色任務！」

……真不知道之前黑貓將手機裝在哪。明明他肚皮沒有口袋。準人瑞漫想著。呃，在奇幻和科幻元素都不缺的地兒想這個也太好笑。人說不定有什麼空間法術。

最後黑貓沮喪的將手機按掉，熱淚盈眶的看著準人瑞。

「……這是Boss特別撥過來的特案。」

就是那個叫做旡的上司塞來的嗎？所謂的特案，大概是特別麻煩的案子吧……

她很同情自己，也很同情黑貓。

「玄尊者，」準人瑞感慨萬千的摸著黑貓的頭，「原來你也只是苦逼的打工仔。」

黑貓流淚了。

「沒事。不就是古代世界嗎？」準人瑞很樂觀，「黑色任務都能闖過來了，區區紅色古代任務算什麼？」

結果她的樂觀只維持到上線。一秒灰飛湮滅。

因為她翻揀記憶抽屜發現檔案有個非常特別的標籤，叫做「女尊」。

她瞬間感到五雷轟頂，並且有強烈自殺逃任務的傾向。

望著眼珠子也快瞪出來的黑貓，準人瑞無言。

只是，她想掄牆的名單，狠狠地記上炁道尊的大名。而且絕對不是掄個一次意思意思而已。

其實分發任務是有很嚴格的講究。畢竟大道之初是希望執行者將任務完成，而不是逼任務者去死或賠到破產，所以會講究任務適性。

仔細回顧準人瑞的任務歷程，就算是難到死兩次的黑色任務，就她的性格而言也是適性超高，違和之處甚少。

上面的不可能不知道，她非常排斥「女尊」這個設定。

這麼說吧，其實女尊設定剛興起時，準人瑞是好奇又興奮的。她喜歡的書裡頭就包含了《鏡花緣》，更喜歡《鏡花緣》描述的女兒國。女尊這題材豈不是更值得期待？

結果，期待越高，失望越重。頭一本就讓她毒發，差點沒吐血三升。

她運氣不好，抓到的第一本比奇幻還奇幻，不但是肉文，還是男生子兼哺乳的肉文。

就外觀而言，的確女人就是女人，男人就是男人，滾床單也是男人出孽根。問題來了，照滾床單的描述，受精過程應該在女性那邊才對，可受完精要怎麼逆輸送到男人的肚子裡？

光這個過程就超級不可思議了，偏偏男人沒有子宮咧……因為還是女人有月經男人沒有啊！還有這個男人哺乳是怎樣？如此這般女人需要乳房嗎？那不是會在進化過程退化？

沒有……什麼解釋都沒有。她只看到一個穿越到女尊國的少女，嘴巴很困擾，卻歡欣鼓舞的睡過一個又一個的美男，搞大一大群男人的肚子，並且被女皇欣賞（？除了滾床單真沒看她幹了啥），對她無禮哪怕只是撇嘴的配角全遭大殃，然後登基為帝，什麼兄弟丼不稀奇，父子丼才是真絕色，後宮收好收滿。

被滾滾天雷劈得外焦裡酥的準人瑞痛定思痛，覺得跟肉文較勁太沒道理了。如此蓋棺論定豈不是太武斷？

於是她翻開了第二本。

這真是她做過最錯誤的決定。

這本就不是肉文了，有情節有陰謀有女主男主有血有淚。甚至男人生孩子的問題也合理多了……

因為女人有孽根，男人有子宮。超級合理沒有問題。

……問題可大著呢!!

孩子，你懂不懂什麼叫做「第一性徵」？出生生殖器就能分別男女啊!!你這樣指鹿為馬你媽知道嗎?!你老師知道嗎?!

你這部女尊文不就是將言情小說拿來，把「男人」全篇代換成「女人」，再把「女人」代換成「男人」嗎？（並不是）

跟耽美漫畫畫一個超級可愛的短髮女生，然後指著說她是男生而且是小受一樣荒唐啊！

這本看完脾氣很壞的準人瑞就跑急診室了。她的血壓實在飆太高。

從此她就不再看什麼女尊了。還不如回去翻《鏡花緣》，看看合情合理的女兒國，也比不知道是科幻還是奇幻抑或是言情小說全篇代換來得好多了。

結果，這個騙她是古代的任務，居然是特麼的女尊世界。

「冷靜點。」黑貓悔不當初，為什麼要讀她的心……那些荒誕離奇的情節害他只想自插雙眼。

準人瑞面無表情的看著他，「我先殺了你，然後自殺，跳過這任務好不好？」

「不好！當然不好！」黑貓炸毛，「呃，嗯，羅，妳對女尊有很深的誤解。不要相信那些胡說八道的小變態們！」

準人瑞危險的瞇細眼睛。

「真的相信我因為我就是出身一妻多夫的世界古早的時候我們也曾經女尊來著！」

看著喘大氣的黑貓，準人瑞稍微找回理智。

做了好幾次的心理建設，準人瑞翻閱記憶抽屜，悄悄的鬆了口氣。幸好幸好，這世界大抵上還是符合醫學和邏輯的世界，差別只是優勢性別是女性，劣勢性別是男性而已。

原主的身世就有點乏善可陳了。

總之，她是個皇女，還是皇帝最喜歡的女兒，之後還當了皇太女。才能不高也不低，登基沒有大殺特殺，姊妹兄弟大致保全。雖然沒有什麼偉大政績，卻也沒什麼錯失。平平順順過了一輩子。

有亮點的是，她念念不忘的喜歡宰相的夫人，後宮佳麗長相越像的越得寵。然後宰相夫人過世，她也傷心欲絕的鬱鬱而終。

再者，她的不知道幾百世孫在遙遠的未來，成為領袖人類對抗末日的強者。可有個接收到天機誤當靈感的作家，拿著這個平平無奇的設定，成就了穿越者波瀾壯闊的人生……

是的，他是個男作家，自然寫的是穿越男主。於是在喜歡上宰相夫人之前，穿越男主先穿越到皇女的心裡，愛得欲生欲死，什麼都願意給穿越男主。於是清理了大半的姊妹兄弟並且手刃皇帝後，皇太女她，禪讓皇位給她愛人，並且屈身為皇后了。

於是女尊世界復辟成男尊世界啦！穿越男主當了皇帝大建後宮，收好收滿啦！至於皇太女，嗯，養在深宮人未識了。再能出來就是皇后的葬禮，裝在棺材裡抬出來。

男主角落了幾滴淚，抄襲了蘇軾悼念亡妻的〈江城子〉。然後被後宮包圍安慰，天地為床的集體滾了一番。

改版命書到此為止。但是後續可是非常慘烈的。

幾萬年都是女尊男卑，猛然的要改成男尊女卑怎麼有可能。一時因為至高皇權能壓制，也不可能壓太久。

最後勤王聯軍攻破京城，大索皇宮搜出妖妃（穿越男主），連同他的後宮在內全砍了頭。他的腦袋還受到特別照顧，直接掛在太廟慰藉皇室列祖列宗。之後擁戴了皇太女最小的妹妹登基了。

說到皇太女那個蠢蛋，準人瑞都想鼓掌說死得太好。可惜她一死，整個世系全沒了，不知道幾百世孫當然沒有出生。以致於末日來臨缺乏領袖，打殭尸還沒有打仗用心，殭尸還沒來得及毀滅人類，人類已經相互滅團了。

第一次遇到這麼蠢的原主，準人瑞感到很棘手。

她有股消滅原主魂魄的強烈衝動。捏了捏拳頭，她還是勉強忍住了。

勉強認命的準人瑞此時才發現頭痛欲裂。

事實上還真的裂了……額頭裂了個口子。之所以會如此，理由相當無言。她這個尊貴的四皇女半夜三更偷爬夏公子的閨樓，被驚嚇過度的夏公子推了下來。

沒摔死只在額頭砸了個坑還是因為閨樓不高的緣故。

準人瑞捂著纏著厚厚白布的額頭無言。特麼的此刻的皇女才十三歲好麼？夏小公子才十二歲好麼？咱能不這麼丟人好麼？

雖然夏小公子是未來的宰相夫人，皇女大人也別這麼早秋好麼？

這事實在太丟人現眼，皇帝勃然大怒，將昏迷的四皇女禁足了，還得硬著頭皮給夏太尉（夏公子他親娘）賠禮道歉，恨不得將這小小年紀色膽包天的女兒惢死。

……其實準人瑞很想說帝母英明，快將這個蠢貨資源回收。

可是現在她得代表這蠢貨過日子度死劫……心都灰了半截。

正在萬念俱灰毫無頭緒之時，房門吱呀一聲開了，縷縷幽香撲面而來。只見一窈窕佳人蓮步輕移，團扇半遮面，眉目輕愁的望著她。發現四皇女醒了，欣喜的說，「殿下，妳好些了麼？」

一頭烏鴉鴉的好頭髮，梳得油光水滑，點翠朱釵。兩彎細細打理的柳眉，描畫入鬢。香噴噴的脂粉勻稱，一管筆直的懸膽鼻……雖然知道是個男人吧，但的確是個美人兒──半截。

團扇一放下，只見一片青鬚根兒，還是絡腮鬍的青鬚根。她明白，她完全明白這位佳人一定是努力刮過鬍子了，但是毛髮旺盛也不是他的錯……

剛喝了半口茶的準人瑞毫無辦法的噴了，差點把自己嗆死。

然後就炸窩了。

起碼奔進了十幾個妙齡「美人」，五花八門各色不同的脂粉香氣足以將人嗆昏過去。雖說是燕瘦環肥，但是並不妙語如珠……變聲期的公鴨嗓真是讓人傷不起。

而且，底子再不錯，太用力的化妝術也足以讓準人瑞有種被如花（們）包圍的錯覺，並且身在最吵雜的菜市場。

再碰我一下我宰了你們全部!!

終於暴怒的準人瑞怒吼，「通通給我滾！」然後，然後抱著腦袋無語。

她好像將傷口吼裂了。

兵荒馬亂後，她終於能重新裹傷喝完湯藥再次躺下，已經被這嚴厲的文化衝擊打擊到生無可戀，唯求一死了。

唯一值得慶幸的是，她終究是個皇女是吧，所以她嚴厲要求將所有如花……不是，侍婢※趕出去，換幾個女人來服侍，還是辦成了。

穿著軍服的侍衛嚴肅而且笨手笨腳的滿足了她想洗臉洗手的要求，更莊嚴肅穆的守在門口。

準人瑞第一回覺得安靜如此可貴。她躺著一動也不動cosplay屍體。黑貓小心翼翼的戳了她幾下她也沒動。

「……文化衝擊很驚人吼。」黑貓乾笑兩聲，「我頭回見到女人塗脂抹粉做小鳥依人狀也嚇得差點精神錯亂。」

花崗岩般的準人瑞眼眶溼潤了。「……咱們還是一起死吧。」

黑貓異常冷酷的拒絕她，「羅，逃避現實一點都不現實。妳只是不習慣，習慣了就會覺得挺好的。」

結果三個月過去，準人瑞只是成為一個面癱，一點都沒覺得哪個地方「挺好」的。她對此界的女人沒有一點意見，相反的還感覺很棒。

在她本世界吧，有個舞曲MV叫做〈姐姐〉，主唱是謝金燕，她在MV中分飾男女兩個性別。

此界的女人精神面貌就像是〈姐姐〉裡頭的男性裝扮。既美又強，風流倜儻，身為強勢性別卻保留女性的妖媚和男性的剛強。

但是在此界後宮女性很少，絕大部分是男性。

皇帝有一后四妃六夫人十貴夫。準人瑞的傷好了也解禁能出門了，撲面而來就是一

※因為優勢性別是女性，所以像是「婢」、「妓」這類比較低微的字眼其實是從本世界沒有的「男」部首。但是創造新字也太麻煩了，所以在此說明之。

大群爹，每個都要恭敬問安。

每天早上醒來她都要提醒自己，千萬繃住了。

因為，這些塗脂抹粉的爹們，有的厚厚的脂粉都還能竄出鬍碴，有的留美髯，還是六綹美髯。

糟糕的是，有的爹鬍子花白了，所以得染。大概是染料技術不過關，所以會褪色。於是你就會看到上半截是美父，下半截是鬍父。而且此界男人十個裡面有八個是絡腮鬍。

這些就是最糟的嗎？不是，更糟糕的是她還不能笑。

她能不面癱嗎？

還有一個令人暗自飲泣的事兒。

後宮只剩下她一個皇女還沒建府開衙。而後宮有三千妙齡的幽怨宮人。勾搭皇帝可能會被后妃蕊死，勾搭皇女的危險性就小多了。

於是每天都有宮人在準人瑞面前表演一低頭的溫柔，她每天都得看十幾截雪白的脖子……短短三個月，她看到的脖子比她八個任務帶一生看得都多。

更不要提她路過哪，一路上的宮人就紛紛崴腳摔倒，比摩西分紅海還嗆。

後來她將紅寶石戒指裡的蛇蛻拿出來，打成絡子繫腰。因為公子白的蛇蛻不但辟百毒，而且還能防春藥。

為了強烈的文化衝擊，準人瑞深居簡出。

雖然額頭開了個坑，但有作弊神器健康屬性運轉下，那都不算事。她一如既往的將無雙譜撿起來，進展卻有如神速，跟四皇女皇甫彤原有的內力驚人的相容，如出同源一般。

皇甫彤學的是東皇太一經，細究與無雙譜似乎是殊途同歸，也同樣的女性限定。這巧合讓她摸不著頭緒，卻也讓她難得的在幾個月就恢復到林大小姐時代的百分之百。

但是這應該足以橫掃無數小千世界的武力值，卻在此界踢到鐵板。

帝母生了四個孩子，大皇女皇甫彰、二皇子皇甫彩、三皇女皇甫彬、四皇女皇甫彤。

女尊世界有一點好，所有的孩子都是嫡出……或者說他們就乾脆沒有庶出這種概念。都是皇帝所生，父親是誰不重要，大家照著禮法來就行了。反正正夫是嫡父，其他偏室都是庶父，非常簡單明瞭。

所以可能成為皇太女的有三個，卻從來沒聽說過有什麼父族支持……想爭那位子可說是簡單明快很多。

皇甫彤出了這醜，大皇女皇甫彰異常鄙夷，話都不跟她說，視而不見。三皇女皇甫彬逮著機會冷嘲熱諷，哪裡痛踩哪裡，顯見跟皇甫彤感情非常差勁。

準人瑞解除禁足，皇甫彬可高興了，堵著門一陣嘲諷，硬把準人瑞給拉去校練場練……明明皇甫彤武力是三姊妹中最差的一個。

別說皇甫彬開心，準人瑞比她開心哪。飽受文化衝擊的準人瑞超悶，又不能抓著黑貓掄牆發洩。現在有人願意陪她鬆鬆筋骨，能不開心嗎？又是那種能夠打得有來有往，偏偏還輸她一籌，付出微小代價，就將皇甫彬整個拍在地上成大字狀。

真是再多的鬱悶都煙消雲散了。

就在她將皇甫彬耍得團團轉的時候，在一旁看了半天的皇甫彰將皇甫彬拎著領子往場外一扔，就和準人瑞交起手來。

然後，準人瑞吃大苦頭了。

雖然最後戰成平手，準人瑞卻完全鼻青臉腫，受了點內傷吐了兩口血……這還是大皇女皇甫彰手下留情的結果。

原本待她非常蔑視的皇甫彰態度溫和多了，「小彤子不錯。明天再來過？」

準人瑞喘了兩口氣，「後天吧。明天大約還得歇歇。」

皇甫彰笑了笑，拍拍她胳臂就走了。被她拍過的胳臂全麻了。

黑貓跳上準人瑞的肩膀，「很不錯的鐵娘子吧？」

「你的眼睛在冒愛心和小花兒。」

「哪、哪有！亂講亂講！」黑貓炸毛了。

準人瑞沒回答他，因為她正齜牙咧嘴讓侍衛幫她上藥。

等疼勁兒過了些，準人瑞才問，「照能力和排行，怎麼不是大皇女皇甫彰立為皇太女？」

「皇帝的說法是她殺性太重，有殺俘前科。」黑貓一臉惋惜，「事實上吧，彰翁主就一點不好，太完美，一點小辮子也沒給人留。還相信王女犯法與庶民同罪。讓她當皇帝，宗室有大半要遭大殃。誰讓宗室誰家沒幹一樁半件的欺女霸男？」

唷，翁主都喊上了。皇女的確也能喊翁主，但那是親暱的稱呼，不是誰都能喊的。

明明是夏天我說。準人瑞默默的想。她還以為貓咪難捱是春天。

「齷齪！下流！才、才不是妳想的那樣！」黑貓抓了她幾下就羞跑了。

「…………」

好吧。充滿文化衝擊的女尊世界特麼的實在很難懂。

第二天，皇甫彰和準人瑞被皇帝逮去噴個半死。

看起來好像是各打五十大板，事實上，皇帝指責皇甫彰「心狠手辣」、「毫無姊妹情分」，說得非常過分。對皇甫彤雖然罵得狗血淋頭，更多的卻是心疼。

即使是尖酸刻薄在一旁煽陰風點鬼火的皇甫彬，皇帝也只是薄斥兩句。

準人瑞瞧了皇帝好幾眼。

到底是有意識還是無意識的，這是，在拉攏分化自己的女兒們嗎？到底有多不待見自己的大女兒啊？

「帝母，」準人瑞試探的解釋，「不過是切磋，在所難免。」

皇帝有一瞬間表情非常可怕，雖然很快就掩蓋了。她沒有再發火，只是將皇甫彤踢去上學，之後開始待她冷淡，並且寵愛百依百順的皇甫彬。

這皇帝，不容人有任何違逆啊？

那說起來討厭皇甫彰就不是那麼不可思議了，大皇女的確意志堅定，非常有自己的主意。

暌違近半年，皇甫彤回到御書房。

說是御書房，事實上是一整個宮殿。同學眾多，不是宗室千金，就是官宦千金，再有就是世家千金。

說身分，都異常尊貴，卻也是最紈褲的一群中二屁孩。入宮讀書更多的目的也只是讓這些花花千金約束些，別成天在外闖禍。

皇甫彰呢，身邊聚集了一群年紀比較大或是比較靠譜的，目的就真的是來學文習武。皇甫彬呢，身邊聚集家世特別高貴，行為也特別中二的一群熱血少女。

至於皇甫彤，她成了一群酒肉朋友的錢袋子，背黑鍋專業戶，自我感覺還挺仗義挺自豪的。

準人瑞再次的替原身的智商擔憂。她才在學堂坐下，這些豬朋狗友已經神祕兮兮的告訴她一點點夏小公子的資訊，出了無數餿到不能再餿的主意……想詳細了解嗎？行，咱們去花街柳巷密談去。

準人瑞起身，拎著小坐墊和書包，坐到她大姊的身邊。在皇甫彰的絕對氣場下，一切妖魔鬼怪只能聞風而逃。

皇甫彰冰冷的看她一眼，準人瑞不為所動。

御書房其實還是滿人性化的，十天上八天課，兩天休沐。上午讀書，下午武藝騎射。不管是文是武，準人瑞學得那一個叫做認真。

文吧，是一個世界觀的顛覆和重建。武吧，則是一個自信的顛覆和重建。

一直讓她很自豪的武力，在同窗間只算中上而已。

但是她很高興。實力懸殊的時候，身法輕功才重要，勢均力敵時，什麼都不要緊，只有狹路相逢勇者勝，只有拳拳到肉的激情昂揚。

這才符合她真正的性情。

她還是羅清河時，這麼暴躁的性子卻體弱多病活到快一百歲。理由有點悲情……在末法時代，她的根骨卻是火雷之體，既沒有教導也不知道如何理順。這可以說是錯生時代的悲劇……類似她成為孟蟬的悲劇。

但是她也有精益求精的渴望，能夠得到如此磨礪的機會真是欣喜若狂。

可黑貓表示悲觀。他覺得羅已經太可怕了，現在卻往更可怕邁進……他總有不祥的預感。

準人瑞天天遍體鱗傷的回家，侍衛替她上藥都有點膽顫。明眼人都知道是大皇女的朋友替著出氣，小主子卻傻傻的天天上去挨打。但是密報給皇上知道，皇上卻不理不睬，她們也很為難。

捱了一個多月，傷痕漸漸減少了，侍衛們才把懸著的心慢慢放下來了。

準人瑞壓根就不在乎排擠什麼的。她都多大年紀的人了，還跟小孩兒們計較這。漸漸的，她還覺得優勢性別相當不錯，能夠接受女尊設定了。

這些小女孩都非常張揚，擁有種與生俱來的強烈自信。

下課了滿身大汗，非常自在的脫了上衣打水沖涼，坦然的不得了。

不會被譏諷，也不會有淫邪的目光猥褻。自己的身體自己作主，愛怎麼樣就怎麼樣。

因為，我們是天之驕女。因為，我們是優勢性別。

因為，這世界是我們的。

……然後被師傅大怒的拎著棍子揍得滿院子亂跑。剛運動完就沖涼水實在不值得推廣，又不是沒備下浴室沒熱水……這群兔崽子除了想被揍還是該揍。

她轉頭想跟黑貓談談自己的感慨，才發現黑貓早離魂隱身，跑得無影無蹤。

準人瑞笑得很微妙。文化差異雖然有巨大鴻溝，可也是相當有趣的。

翻年皇甫彤十四歲，暫時休學了。

因為皇帝將皇甫彰派去西北巡邊，同時也將皇甫彤派去江南巡水利了。

準人瑞徹底無言。

風調雨順好吧？多少年江南大堤保固好嗎？皇甫彤出去幹啥？就是坐大船、住大房，腰纏萬貫下江南，講白了就是公費旅遊……巡水利的事有御史團呢，她就是個合理騙吃騙喝的。

皇甫彰呢，兩手空空無權無錢去西北吃風沙。

多大仇呢？真心不明白。

看不下去的準人瑞想講講理，結果皇甫彰凶猛的看過來，用眼神制止了她。

事後準人瑞攔住皇甫彰，「我一定要弄明白。」

皇甫彰靜靜的看了她一會兒，湊到她耳邊細語，「我出生前，帝母夜夢誕下一只彪。先帝甚愛我，曾考慮越過帝母封我為皇太孫。」

……這幾句話的訊息量太大了。

此界的彪是一種凶猛的神獸。虎身獅髮豹紋，嗜食虎豹。而皇帝的名字，就叫做皇甫赤豹。結果對她不太滿意的先帝還想著將皇位跳過她直接傳給長孫女。

可又怎麼了？什麼夢不夢的只是藉口吧？皇帝真正不爽的是先帝，關皇甫彰啥事妳說？總不能妳娘都掛了，還遷怒到自己女兒身上吧？

不好意思，皇帝就是這麼幹了。有權有錢就是任性。

準人瑞說不出話來，只能拍了拍皇甫彰的肩膀。皇甫彰狐疑的看了她好一會兒，突然撲過來來了個壁咚，不死心的將她的臉摸了一圈。

「不是易容？怎麼可能？妳到底是誰？」皇甫彰迷惘而惶恐了。

……這話還真不好解釋。真正的皇甫彤還暈厥在左心房。她是中慢性毒藥死的，死前非常不好看，跟個木乃伊似的，還是不纏繃帶的版本。

這毒藥很厲害，居然是對生機下手，抽得乾乾淨淨。讓她涵養起來特別吃力，一年多了，還跟死了差不多。

「皇甫彤只會跟帝母一個鼻孔出氣，妳究竟是誰?!」皇甫彰粗魯的搖了搖準人瑞的肩膀。

準人瑞掙脫，吼了回去，「妳妹啊！」

最後她們揪著打了一架，這件事就這麼過去了。

能離京透透氣也是好的，馬的皇帝家庭超級憋悶。

坦白說，江南之行非常愉快。她正色不願意有男子服侍，也就有幾個機靈的小官端茶倒水。

她也真正的理解了這個女尊世界。

在這世界，女人個個跟超人似的，女主外、男主內。女人不但是家庭的頂樑柱，負責養家活口，同時也肩擔生兒育女的責任。

通常分娩前一刻都還在忙著活計，陣痛了隨意找個屋子，甚至農家只在門後鋪點稻草放件衣服就生了，絕對用不到一個時辰（兩個小時）。有時候上午生完，下午就出門幹活了。

餵奶也只餵兩個月。可以說，此界的嬰兒分外強健，兩個月後就會翻身，並且開始長牙，能夠開始喝羊乳吃輔食，健康活潑少夭折，周歲可以跑得利索。

或許是因為如此，女尊得理直氣壯。

瞧瞧吧，女人負擔了家庭大部分的責任，經濟、生育。男人對家庭的貢獻就顯得很渺小。失去經濟大權，變成女尊男卑好像不是那麼不可思議的事情。

其實也不是很難接受。準人瑞默默的想。她離世前的本界好像也有這種趨勢……很多婦女不就是自己賺錢生孩子養家活口嗎？時代越進步，男人越長不大。

最少女尊世界的男人還是很安分守己的在家裡帶孩子照顧老人。敢外遇？那下場可慘了，聽說某些偏遠地區還保留浸豬籠或扔石頭到死的酷刑。

而且平民百姓的男人看起來順眼多了……沒錢買胭脂也是個好事，保持本色不如花，她願意承認江南多美人。

想來她真的是生錯世界，一起頭就投胎到女尊世界該多好。

直到有一天，她微服出巡的時候，看到一農婦將她丈夫按在地上往死裡打，周圍人都袖手旁觀，她才有種異樣的感覺。

命令隨從將人架開，那農婦還對她吼，「處置我男人關妳什麼屁事？毛都沒長齊的小鬼難不成也是他相好的？就說城裡男人不能要！個個跟伎子一樣，淨想著勾引女人了！」

準人瑞暗暗握了握拳頭，赫然發現自己的心火非常旺盛。

講道理講道理我們要講道理。但是道理一說明白，準人瑞理智的枷鎖開始龜裂了。

因為這個男人端了一碗粥水給門外求乞的乞丐，乞丐感激涕零誇了郎君好心又漂亮。

這話被男人的妻主聽到了，立刻飽以老拳。

至於那個乞丐，早就跑了。

終於準人瑞沒忍住，將那個農婦摜在牆上。但是她丈夫卻尖叫一聲，滿臉又是血又是泥的撲上來撕打準人瑞。

幸好跟隨的隨從老道，亮了身分喝止了，並且幫著收爛攤掃尾，這事兒才沒鬧大。

掛在準人瑞小腿上的黑貓驚魂甫定，「……妳生什麼氣啊？妳個仇男癌替男人出頭？妳腦子還好嗎？女尊得智障了嗎?!」

準人瑞沒有正面回答他，「我恨直男癌。」

「妳摜的那一個，從生理到心理都是百分之百的女性！我敢保證！」

「她不是。」準人瑞暴躁的將黑貓從她腿上扯下來，「她就是個直男癌，而且是末期！」

黑貓發現，他實在越來越不懂羅了。

準人瑞悶悶的回驛館，氣得連晚餐都沒吃。最終帶團的尚書大人來看她。

其實整個御史團都對四皇女很有好感。剛開始的時候，御史團擔心得要命，害怕塞了個熊孩子進來——竊登閨樓什麼的，名聲可不怎麼好聽。

可這一路過來，不挑吃、不挑穿，不惹事也不指手畫腳。可以說，安分得不像話。尚書大人感受尤其深……她曾經和三皇女皇甫彬出差辦事，現在想起來還滿心傷痕。

沒有比較就沒有傷害。比較過後才知道皇甫彬帶給她多深重的心理陰影。以致於皇甫彤揍了個農婦都不算事。沒死沒殘的，彤殿下已經太善良……小孩子家滿腔熱血的打抱不平，沒啥。

「……所以打丈夫是應該的？因為是優勢……所以可以隨意處置劣勢嗎？」準人瑞實在太憋了。這起事件帶給她非常大的衝擊。

她承認，女尊世界給她很大的驚喜，在此也如魚得水。但是這樁家暴事件打破了她原來完美的幻想。

女人成為優勢性別跟男人是優勢性別，居然都是相同的強凌弱。她不該意外，卻還是悵然若失。

尚書大人卻訝異了，這孩子真不像皇家女兒，善良的太過頭了吧？她微笑，眼尾紋沁滿智慧，「當然不是。打婿豬狗牛啊，只有沒教化的無知小民才會幹這種事情，也招人瞧不起。身為兒郎已經很可憐了，百年苦樂由他人。身為妻主的不疼惜他們，那還是個人嗎？」

只能說，尚書大人能說善道，居然忽悠得了準人瑞。最少忽悠得她心情好多了……或許是準人瑞願意被忽悠。

黑貓一直沒有說話。直到睡覺前，他才訕訕的說，「羅，妳比我想像的還善良。」

「這跟善良無關。」準人瑞回答，疲倦的抹了抹臉，「我、我一直覺得女人是比較自律、和平的性別。所以我可以理直氣壯的蔑視厭惡高犯罪率管不住下半身的男人。結果……我錯了。」

黑貓靜默了一會兒，將下巴擱在準人瑞的肩膀上。「人類就是會得志就猖狂，跟性別沒有什麼關係。」

準人瑞笑了笑，雖然笑容有些苦澀。「重塑三觀不容易。」

「是的。」黑貓慎重的說，「過程很漫長，所以不要急，慢慢來。」

就像是準人瑞的本世界打老婆的人讓人非議，女尊世界打老公的人也招人說，不是普遍現象。

她也慢慢的平復心情。緊接著，御史團要返京了。

距離京城五十里，初冬的第一場雪剛好下了。冒雪趕路，昏暗的天色下，飄忽過一聲貓叫似的低泣。

準人瑞緩轠，靠著路旁慢行。

她的領域依舊留存，雖然還是弱化版，幾乎沒什麼用……卻讓她五感特別靈敏。

那是一聲兒啼。

她逆向跑馬，整個御史團都因此混亂停頓，卻喊她喊不住。

撥開雪和蓬草，破舊襁褓裡的小兒已經發青，顫抖的發出微弱的哭聲。臍帶還沒脫落，不知道凍了多久。

這還能活嗎？

尚書大人氣喘吁吁的追過來，看了一眼，惋惜的說，「作孽啊，活不成了。」

準人瑞看了她一眼，用一隻手解衣，將幾乎凍僵的小兒貼著肉裹著。「會活的。」

「殿下……」

準人瑞頭也不回的上馬，如箭般奔往驛站。

其實她知道這叫做「洗兒」。事實上就是溺嬰的粉飾說法。在她的本世界，據說古代被溺被棄的多半是女嬰，在此界，被溺被棄的卻是男嬰。

懷裡這小兒的父母說不定還心軟？最少是扔在下雪的道旁而不是扔進馬桶裡。

不想生就別生，此界的避孕藥非常發達。有女人用的甚至還有男人用的。生下來卻因為性別決定生或死……準人瑞的確因此怒火高熾。

呵呵，人類。自稱文明的人類。

奔到驛站，她拒絕別人照顧這棄嬰，只催著要熱水和大夫。這個小生命非常堅韌。在生命最初凍了大半天，還能發出求生的啼哭。

他會活下去。

雖然不是早產兒，準人瑞還是用了袋鼠護理，讓他貼在自己的胸口，輕輕按摩細小的四肢。度過最開始的危險期，第三天就能有力的吸吮乳汁。

女尊世界已經會使用橡膠了。只是沒想到只用在奶瓶上，實在很特別。

吃吧吃吧，努力吃吧。會吃就有力氣，有力氣才能長大。

父母沒有偉大到神明的地步。他們不足以決定你們的生死。

所以，不要害怕，努力長大，走上你的人生路吧。

這是你應得的。

沒想到一直昏迷不醒的原主會在這個時候清醒。更沒想到會遇到比準人瑞還嚴重，甚至病態的仇男患者。

準人瑞打了個瞌睡，竟然被趁虛而入的「奪舍」。若不是黑貓猛咬她的小腿驚醒，奪舍的原主差點將嬰兒扔進馬桶裡。

大怒的準人瑞強奪回身體的控制權，抱緊嬰兒。現在她與最初不可同日而言，用不著昏迷就將皇甫彤五花大綁捆在左心房壓落底。

若不是嬰兒號啕大哭，她立馬就讓那個蠢貨非常好看。

最後還是放出非常虛弱的領域安撫，才讓受驚過度的嬰兒啜泣著慢慢安靜下來。

被壓住的皇甫彤不斷的破口大罵、吐口水。對著一個嬰兒瘋了似的罵「賤貨、破麻」。說所有的賤人都應該在馬桶裡溺死，這還是看在他是個小崽子的份上。若是成年男人，就該怎麼怎麼虐殺……

準人瑞闔目沉入右心室，用靈魂狀態甩了一道雷符，才讓皇甫彤閉嘴──抽搐的沒辦法再說什麼了。

「她還真有連環殺手的潛質。」她冷笑的對黑貓說。

黑貓的腿都打顫了。

「羅，妳、妳下手也輕點……涵養不易，那雷差點讓她魂飛魄散了……」

準人瑞冷笑得更深，黑貓覺得全身的骨頭全長毛了。

「別跟我轉移話題。」重新掌握身體控制權的準人瑞叉腰，「玄尊者，你來解釋解釋。我以為所有的事主都會溫和而適當的清洗一些負面記憶。」

「真的，真的有。」黑貓狂冒汗，「只是，妳也知道，她死得太慘了一點……迴響也特別嚴重。妳看，孟蟬的魂魄都不在了，她留下的迴響還能深深影響妳。皇甫彤魂魄可還在……」

若不是她手裡還掂著個嬰孩，準人瑞非常想將玄尊者掄到牆上去當壁畫。

「先說明白你能死嗎?!」準人瑞對著黑貓吼了。

先說了妳還會好好的涵養皇甫彤的魂魄嗎？黑貓心裡嘀咕。然後有點懊悔讓準人瑞去仙俠世界留學的決定。

誰知道她對靈魂學掌握得如此無師自通又舉一反三。他很明白，羅真要掐斷原主的供給，讓她一直涵養不起來，已經不困難了。甚至這麼做也沒有什麼馬腳可以抓，畢竟這麼做只是多病多災，最嚴重不過是癱瘓，命可是好好的給留著。

因為常常說自己不是好人的羅，卻有種古怪而執拗的正義感。皇甫彤……還真的不是個好人。

黑貓隱隱有些明白上司幹嘛硬要將這任務塞給羅。大道之初的任務主旨是將歪斜的世界線導回正軌，並不是公平正義得第一。

有的時候事主比誰都糟心。

很多原本滿腔熱血的執行者將任務做得完美無缺，將事主形象打造得光輝燦爛。結果代班結束，安心回返，回頭一瞧，行了，事主將光輝形象糟蹋得一點都不剩，一傢伙從「救世主」變成「滅世惡魔」，死得非常不光彩，之前的「善良」成了「心懷叵測」「假惺惺」之類。

所有的熱血就這樣喊的一聲澆個透心涼，漸漸磨滅掉那些熱情了。

熱情沒有磨滅掉的會很偏激，遊走在邊緣。比方說，斷絕供給，直將讓事主殘了。

這樣最少能保證不出來搗亂。

上司想磨礪羅，顯而易見。但是更為了解羅的黑貓卻很悲觀。因為羅最可能的是不會衝動，卻冷靜的將事主給宰了。雖然她也明白事主也在「不可殺人」的範圍內。

「不管怎麼說，妳真的不能宰了她。」黑貓苦口婆心。

準人瑞微妙的看了他一眼，「我怎麼可能這麼做？」

「……妳、妳不打算涵養她了嗎？」黑貓躊躇片刻，小心翼翼的問。他真心不希望準人瑞這麼做。事主是善是惡都不重要，重要的是任務。

「我會好好涵養她的。」準人瑞睥睨，「所以她要多休息……在我代班結束之前，她就別醒了。」

黑貓狐疑的看著她。羅很火大，這樣的處置應該是最好的……但他怎麼有不祥的預感？

「所以，」準人瑞溫柔的笑了一下，「將你檔案遮蔽的部分，去了吧。我要最完整真實的檔案。」

那溫柔的笑，讓黑貓的耳朵差點貼到後腦勺，尾巴砰的一聲立刻炸得跟雞毛撣子一樣。

看完檔案之後，準人瑞低低的呻吟了一聲。

原版的皇甫彤就是個繡花枕頭，她的「中庸」，還得益於有個疼她疼得要命的皇帝，幫她搶了若干功績才勉強有的。然後該感謝當時國富民強，皇朝蒸蒸日上，當朝名臣輩出，她這皇帝只是個橡皮圖章，專門蓋玉璽和哀悼愛不可得與後宮滾床單。

好了，改版她終於求得、愛不離。為了愛，她啥都肯做敢做。她會親手宰了皇帝就是因為皇帝不喜歡她愛的人，必須剷除愛情的障礙。

她會謀殺皇甫彰是因為，她的愛人悶悶不樂的告狀，說皇甫彰調戲於他。其他的兄弟姊妹則是說愛人壞話所以得死。

最後落得那樣的下場……準人瑞只想說，活該。

第二天她抱著孩子回宮了。本來不想太刺激皇帝，她想在溫泉山莊「養病避冬」的。

果然她抱著嬰兒回宮的消息才傳回去，皇帝立馬砸了一個茶碗。

雖然不太懂，準人瑞還是將皇帝的心態拿捏的八九不離十。

皇帝非常多疑。

有多多疑呢？她甚至沒有類似錦衣衛之類的特務機構……因為她連特務機構都不相信，對臣子的信任可想而知。

皇甫彤在野外撿了個孩子，哪怕整個御史團為她作證，皇帝還是半信半疑，她更相信這是小女兒在外偷生的。

表面上來說，女尊皇朝不在乎孩子的父親是誰，實際上還是會注重父系血統的優良。女尊世界的婦科非常神祕而發達，孩子的生父是誰其實妻主都心知肚明。

尤其是皇室。雖然沒有優生學的理論基礎，卻已經有相當程度的實踐了。

讓皇帝火大的是，小女兒的第一個孩子居然是跟個不知哪來的卑賤男人有的。這是個污點。因為皇室女子特別重視第一個孩子，不管是女是男都有崇高的地位，這也是皇室女子生育力和優良傳承的證明。

所以生父都要千挑萬選，通常都是正室夫人。

一心想讓最像她的小女兒立為皇太女的皇帝怎麼能不生氣。但是將孩子養在外面終究還是給皇帝留了面子，表白了皇甫彤其實也沒想認下這孩子的決心。

誰知道她居然將孩子抱回宮，還取名非離。這不是告訴所有人絕對不離不棄嗎？

能夠明白皇帝的心理活動，卻不明白為何如此詭異。只能說，皇帝她老人家就是一個腦補帝。

不過她本界上下五千年的眾皇帝抽風得更詭異也有的是，似乎也不是太稀奇了。

而且帝母也不殘暴，不會動手殺兒孫。只是冷戰而已，小意思。

要證明這孩子不是她生的也很簡單，因為皇甫彤到現在還沒來初經……她得到十九歲滿才會有初潮。

從來沒有月經的女人懷孕生子……這比聖母瑪麗亞處女生子還不靠譜，真的。

所以冷戰了兩個月後，皇帝自己好了，溫暖如春的褒獎了她愛護子民的善行，卻暗示她別讓小非離占了長子的名分，將來會有麻煩。

準人瑞點頭，卻拒絕了皇帝所有的好意。不管是賜姓皇甫，還是指給宗室無子夫婦收養。她直言，等滿周歲就會將他送出宮，送到慈善堂（孤兒院）生活。

屢被拒絕的皇帝大怒，直接將她轟出去。

「……羅，為什麼要跟皇帝對著幹？」黑貓下巴都掉了。

「沒有啊。」準人瑞氣定神閒，「我只是不那麼順從罷了。」

黑貓一點兒都不相信她。「我以為，妳不喜歡小孩。」

「看緣分啊。小非離和我挺有緣分的。」她眉開眼笑的逗著襁褓裡揚手蹬腿笑得嘎嘎叫的小嬰兒。

可惜，緣分有點淺。

所有的人都不明白，為什麼她會堅持將非離送走，明明是那麼喜歡他。但是準人瑞知道，度過死劫後，她就會走了。而皇甫彤絕對不會善待非離。

照原主怨天恨地的個性……她不敢想像非離落到皇甫彤的手裡會怎樣。

即使將皇甫彤壓制到這個地步，還是有模模糊糊的罵聲從左心房傳出來。

原主已經完全變態了。心理扭曲到準人瑞束手無策的地步。

後來偶遇還沒被穿越的「妖妃」，原主居然掙脫重重束縛，差點兒奪舍成功。幸好準人瑞鎮得住場子，只把那個可憐的小公子嚇個半死，沒把他掐死。

或許吧。現在把這小公子處理了，將來他不會成為「妖妃」。可誰知道穿越的尿性夠不夠堅強。說不定今天她將賀小公子處理了，明天就穿到趙小公子、錢小公子、孫小公子或李小公子身上……到時候哪找人去。

再說，賀小公子從頭到尾都是無辜的。有錯都是錯在那個穿越過來的種馬身上啊……還有那個愛情萬萬歲的白痴皇甫彤。

你可以說她偽善。可準人瑞就是對無辜者下不了手。

想了一圈還沒動手，黑貓已經啃在她小腿上掛著，血都流到襪子上了。

「……我只是，稍微考慮了一下……沒真的要殺皇甫彤。」準人瑞無奈。

黑貓下口更不留情。

準人瑞只能無奈的嘆了口氣。

可惜黑貓沒能全程盯著她了。

在一個深夜裡，整個世界為之震動，氣流如波紋般起了層層漣漪。大概只有一、兩秒就漸漸平息，可黑貓的臉整個黃了。

「……完了。」他絕望的扶額。

據說，有個表現一直很優良的學長，趁監護他的黑貓去支援其他任務時，玩了一票大的。

有多大呢？大約是等同商朝的時代玩起火藥吧。可是學長雖然能夠非常克難的玩出火藥來，卻對儲存火藥的常識不足。

於是將他任務地的首都炸飛了三分之二，死傷無數，當代的皇帝命懸一線。

這一炸，不但沒將命運線導回正軌，反而更紊亂，將壞空提前了許多。

學長沒第一時間被天道毀滅，是學長的黑貓緊急回返，以身相替被劈散了。因為那個任務世界在一個重要的節點，一旦毀滅，牽連甚廣，連相離遙遠，目前準人瑞所在的任務世界都要受到極大損傷。

「特麼的他想要實驗什麼黑科技。」黑貓憤怒了，「那任務補完我會讓他明白什麼叫做真正的黑科技。」

準人瑞啞然，「……那任務世界還有救嗎？」

「應該，吧。」黑貓心情很低沉，眼淚汪汪的看著準人瑞，「求妳別這麼玩。」

「放心。」準人瑞慨然允諾。

……不知道為什麼，羅說放心他就特別不放心。

因為她的專長不是玩黑科技，而是將任務做歪，亂開世界任務。

最後黑貓哭著奔去補漏，一路祈禱準人瑞不要玩太大。

準人瑞真心覺得黑貓對她不夠信任。

說放心就真的好好的將心放在胸腔裡……因為她不但打算什麼都不做，而且皇甫彤一定會得「心疾」。

這麼說吧，在任何有中藥行的地方，準人瑞的外掛會超乎任何人的想像。

有些藥方真的非常精妙，自從郡主任務之後她長長短短的都有收集些。某些特別厲害的藥方沒廣傳開來，其實就是有點嚇人的副作用。

有種叫做「三仙散」的方子，和培元丹的藥效很類似，缺點是，服用後會「致心疾」。

其實不是吃了就會心臟病，而是藥效運行時會產生心臟病的表徵與脈象。事實上啥事也沒，依舊是固本培元。

所以皇帝又摔茶碗了。因為皇甫彤年紀輕輕的就有「心疾」，沒事兒就捧心病倒。

她沒懷疑是因為先帝也有心疾，只是沒這麼嚴重。

皇帝關起門來暗暗罵她老娘好幾個時辰，忍痛放棄了最心愛最像她的女兒。不過終究是她最疼愛的女兒（曾經），也很縱容的隨便她愛做什麼做什麼。畢竟有心疾的人壽命都不長。

所以準人瑞如願的開衙建府，搬出宮了。皇帝還很誇張的封了她一個親王，俸祿可高了。連她捐大筆錢財給慈善堂，收容更多棄嬰……皇帝也忍了，沒再說她什麼。

只有大皇女皇甫彰盯著她盯得讓人毛骨悚然，準人瑞懷疑她看破手腳了。

但那又如何？

她就是要將皇甫彤的「皇帝命」給掐了。中庸無能不是錯，知人善任就行。錯就錯在皇甫彤特麼是個愛情智障，還是個偏激中二。改版她先是將自家滅門了，禪讓後她愛的那隻種馬又將百官滅了一回，然後內戰……差點滅國你知道嗎？北方遊牧民族還不趁妳病要妳命啊？

這種玩意兒還想當皇帝？滾邊兒玩去吧。

反正任務要求的是，皇甫彤活著，保證她有下一代出生。當中可不包括必須為她的皇位奮鬥。

準人瑞非常心安理得的吃吃喝喝玩玩。忍痛將非離送進慈善堂，她只捐錢不再回顧了。

一來她不想讓原主盯上非離，二來她也不希望非離以棄嬰的身分躋身皇親國戚的行列。

畢竟，她無法負責到底。

於是「身體不好」的彤親王淡出宗室圈，民間倒是有很多她的傳說。

據說彤親王憐香惜玉，對兒郎特別關懷，卻異常自律，身邊連個侍兒都沒有。她最出名的事蹟就是打滅了纏足的歪風。

這股邪風最早來自揚州，揚州鹽商特別會玩，揚州的風塵之地當然格外奉承。芙蓉秀面楊柳腰已經不稀奇了，揚州某個創意無限的老鴇發明了「三寸金蓮」。

一下子就風靡了整個揚州，並且從風塵界往外流行了。

結果有個回京述職的官員想巴結彤親王，送了個裹腳兒郎給親王玩賞，還大大宣傳「三寸金蓮」的好處，比方說，能讓兒郎更貞靜守男誡，體態更婀娜多姿，還可以賞金蓮什麼的。

彤親王說，來人啊，拿下。

有人覺得她太大驚小怪，有些輕薄文人還覺得「三寸金蓮」有各種妙處，應該大大推廣。

彤親王築高臺與之激辯，一一駁斥後，令纏足兒郎去鞋襪和裹腳布，讓所有人親眼見到所謂的三寸金蓮是何等殘酷。

雖然只是流行的初期，並沒有殘忍到將腳趾頭掰斷踩在腳底下，但也沒好到哪去。拿掉裹腳布就是一雙可怕畸形的腳。

「『身體髮膚受之母父，不敢毀傷孝之始也。』逼迫男兒不孝於母父，這是母父不慈！私刑殘害的是我朝子民，是為不忠！姊妹應當規勸母父卻視而不見，是為不孝！不忠不孝不慈，這等門風敢說自己是讀書人？敢說自己有風骨？當下褫奪功名都不為過！」

於是這股歪風剛流行就憋回去……因為發明「三寸金蓮」的老鴇被綁赴京城凌遲三千刀了。纏足的兒郎立刻放腳，不放被舉發是不會判刑打板子……只是誰家養了纏足小妾侍婢，有官職的連降三級，有功名的革去，沒功名的，不准進貢院。屢誡不改者，永不錄用。

有些罪行一再猖獗，事實上只是犯罪成本太低，所以罪犯不當回事。賞金蓮和仕途比起來，這成本實在太高，顯得賞金蓮很沒有必要。

誰讓這事兒將彤親王氣著了，暈厥得差點死過去，讓皇上震怒。皇上盯死了這件事情，對纏足深痛惡絕，嚴重影響到升遷，甚至是子孫未來了。

皇甫彰陰沉著臉來探望皇甫彤，「有完沒完？裝夠了沒有？帝母快被妳嚇出病來！」

心情很好的準人瑞沒跟她計較，「妳不懂。我這是為妳好……要知道，一個國家開始糟蹋劣勢性別，那個國家的發展就準備停滯不前了。」

是的。她的本世界就是這樣。自從女人被殘廢之後，該國一千年就像一灘死水。她只遺憾沒能接到本世界的古代任務。其實她最想將發明纏足的王八蛋親手執行十大酷刑。

可惜黑貓不會答應。實在太遺憾。

三言兩語，皇甫彰被她氣走了。

準人瑞覺得彰翁主其實很有趣。帝母明顯很煩她，兩個妹妹都心懷不軌。她雖然會憤怒厭煩，但是遇到事兒她還是會忍不住關心。

難怪黑貓會很憧憬她。

瞧，明明被氣走，沒幾天又回來探望。只因為準人瑞感冒了，擔心她裝病變成真病。

「……宗室女將親情看太重，不好。」準人瑞忍不住勸了。

「閉嘴！」皇甫彰怒了，「難道要跟妳一樣，將男色看太重才好嗎?!」

準人瑞沒說話，只是無奈的環顧。服侍她的都是女人，大半是正經的侍衛。其實她生活都能自理，只是需要人收拾打掃一下。

後院倒有幾個男人……那個被纏足上獻的兒郎還在，其他都是服侍那兒郎的侍兒。留著他是想將他的腳治好。

皇甫彰也知道，沉了臉，「這比貪色還糟糕。妳打從心裡憐憫他們，還稱他們為『弱勢』。妳到底想幹嘛？」

是呀。我想幹嘛？此刻我是優勢性別呢。準人瑞苦笑著想。

但是我終究是，曾經是，劣勢性別。所以才會特別的不忍。

「……只是覺得有點浪費而已。聰慧之輩在所多有，以性別取士，太偏頗了……」

準人瑞勉強憋出個理由，卻馬上被打斷。

「說謊。」皇甫彰一點都不客氣，「妳只是在民間走了一遭，被嚇到而已。妳覺得兒郎身不由己禮教束縛很可憐，但妳不知道他們並不需要妳可憐。就拿這次纏足之事來說，妳覺得妳幹了好事？事實上最恨妳的就是夫人公子們。有多少巴不得將自己弄殘了好對妻主獻媚呢，這妳知道嗎？真下手去弄殘的會是女人？妳別把這些男人想得太善良。」

準人瑞苦笑更深。

看著妹妹的苦笑，皇甫彰語氣放緩，「妳的想法我不是不明白。頭回看到百姓毆夫如讎寇我也很憤怒、很不平。但男人自己不想立起來，妳也只是狗拿耗子。」

「但也不能讓他們求助無門吧。」

皇甫彰英眉一揚，「若他們有勇氣求助，同為子民，幫他們一把又何妨。」

這次談話比較愉快，最少皇甫彰走的時候還有點笑容。

準人瑞倒是想了很多。

其實她並不想莽撞的推行「女男平權」什麼的……只是稍微有點物傷其類。終究彰翁主看得遠、想得深。

本世界的女權運動也有其時代背景和醞釀。首先是教育普及到一個程度，然後機械化興起，思想開明，男女體力上的差異性因為機械化模糊，智力逐漸受到重視。

然後女權先驅前仆後繼的開拓。

所以她還是羅清河時，活到將近一百歲，一點點也不敢說自己是女權主義者。

因為她不配。她從來沒有為女權做過任何一件事情，她只是踏在女權先驅血淚澆灌的道路上舒服的前進而已。

在女尊世界，身為優勢性別，反而想替男性做些什麼……那不是傻嗎？他們自己都不為自己做什麼了。

想想那個被打個半死的農婦之夫吧。揍他老婆的時候，被害者反過來打拯救者。

……但，這真的，是對的嗎？

優勢壓迫劣勢，劣勢屈從優勢。同樣是人類，只因為性別就分成上等人和下等人。經過這麼多任務世界，性別壓迫越輕的，文化越昌明，不是嗎？

會有這樣的趨勢，不就是為了符合準則一，能夠更好的維護種族延續嗎？

準人瑞終於寧定了。

但她寧定了，換皇甫彰不淡定了。

這孩子病得更重了，居然要開男塾。男孩子在家學幾個字，重要的還是刺繡、廚藝、管家等等，出去上什麼學？

她不得不百忙中又去找皇甫彤，話還沒罵出口，已經被塞了一本策劃書，而且這本策劃書簡直無懈可擊。

因為她要開的男塾說白了就是新郎學校，除了知識面有點廣，孔孟官學很浮面，其他的就是想教出一個宜家宜室的新郎。

可皇甫彰還是本能的感到不對。從小彤子手裡出來，絕對不是表面這麼簡單。

「翁主，」準人瑞調侃的說，「您說過的。給子民一個求救的機會。」

果然。這是想通過教育，讓學生明白什麼是勇氣嗎？

「為什麼妳老想這些不著調的事？」皇甫彰罵，「就不能想點好？」

準人瑞笑，「不知道哪天我就瘋了呢……」

「閉嘴！」皇甫彰心裡一緊，喝斥道。

準人瑞止住了笑，肅容看著皇甫彰。其實她們倆心知肚明，「皇甫彤」包裝與內容物不符。

「不要再說了。」皇甫彰的語氣軟了下來，甚至有幾分懇求。

對親情看得如此之重的大皇女，會為她著想的「皇甫彤」是非常珍貴的存在。

「就算瘋了也要保我一命呀，姊姊。」準人瑞溫和的說。

「說這種廢話有意思嗎？」皇甫彰暴躁，「我保妳一生富貴，一世無憂，金釵十二行，兒女成群，行了吧？夠了嗎？不要再說這些廢話！」

準人瑞笑著點點頭，暗暗鬆了口氣。

太好了，不用煩惱生兒育女的問題。這艱難的任務，還是交給原主處理就行了。

畢竟她是很有原則的人。男人能夠淫人妻妾笑呵呵，她就算投胎轉世一百次都辦不到。

不要跟她說身體是原身什麼的……將心比心，她若是讓人奪舍一陣子然後老公被人睡了，她依舊會覺得綠雲罩頂，能有多膈應就有多膈應。

己所不欲，勿施於人。

更何況啃一群如花。

她真的沒有以身飼虎的習慣。

敢開「男塾」這個腦洞，自然是準人瑞深思熟慮後的結果。

女尊世界和男尊世界還是有不同之處。

作為劣勢性別的男性，遭受的壓迫還是比男尊世界的女性輕微些。

首先，母親是優勢性別，對於篤定是自己後代的孩子都是相當愛護的，有娘家撐腰，嫁出去的兒郎被虐待而死的總是比較少。

不提其他，就算是性侵都不甚流行。倒不是技術性問題，而是性侵後的結果得優勢性別的女性買單，已經實踐了優生學的女性沒事幹也不想給自己找事。

男性地位的低落，主要還是經濟地位和對家庭貢獻度太低造成的。

這樣就好辦多了。

一起頭就呼籲「女男平等」，在當今的社會文明之下，叫做沒事找抽。但是換個角度，「父智則民強」，聽起來就靠譜多了。

想想吧，孩子小時候都是父親在帶的吧？會有樣學樣吧？結果父親是個文盲，能學出什麼好來？

好夫人總得出得廳堂，入得廚房吧？可都是媒妁之言，倒底靠不靠譜？人家貴公子都養在深閨人未識，萬一媒人嘴胡咧咧呢？人說好夫旺三代，這不能開玩笑啊！

所以想要一個聰明智慧、十全十美的好兒婿，還是得到官方認證的男塾上上學。瞧瞧這個同窗名單，不是宗室就是名門啊！這時候就締結未來夫人外交名單，這是多靠譜的事情！

這麼一忽悠，本來堅決反對的人也動搖了，好像真像回事似的。

準人瑞本來就沒打算從平民百姓推廣教育。別傻了，歷史告訴我們，從來沒有這樣成功的例子。

最開始的教育本來就是貴族教育，能推廣到官家子弟都還是慢慢爭取來的。人都會追求社會地位的上升，自己辦不辦得到還另說，但是希望後代能辦到那是鐵鐵的。

有這一份嚮往，才會鼓足勁的往上爬。

只要將「男塾」的「貴族新郎學校」名聲立穩了，不怕「公務員新郎學校」不冒出來。等嘗到了足夠的甜頭，就會開始公家或私人辦學，「平民新郎學校」也會漸漸出籠。

所以她現在要做的，就是先開針對宗室的「貴族新郎學校」。

為了完善並且永續教育，她甚至還翻了工部所有存檔。

這麼說吧，這世界從來不缺乏智慧的閃光……也就是說許多發明早就已經出現，只是缺乏運用起來的伯樂。

女尊世界也是如此。雕版印刷已經非常成熟的當今，不可能沒人想到活版印刷。只是沒受到重視，被踢到角落而已。

需要的，只是一點改良和修正。

她把所有時間都投入到改良活版印刷，儘可能的符合當代的科技和工藝進展。

準人瑞還是認為，教育是國家真正的基礎，是重中之重，並且需要慎之又慎。她還親手編了數學和自然課本。這可能只是小小火苗，卻能夠透過新郎學校的畢業生，傳承到下一代。

「我還是覺得，女男平等，一妻一夫是最好的。男人也不該龜縮在家裡沒事幹，對他們也未免太好。」她對著皇甫彰感慨。

「胡說八道！」皇甫彰發火，「幹嘛老想這些不切實際的事情?!妳明明有才……」憋了半天，皇甫彰吐出口氣，「順了帝母的意也行。妳能靠譜點，我安分真當個賢王，也不是不可以。」

準人瑞笑了。皇帝充滿幽默感，皇甫彰終於獲封，卻被封了個賢王。只差沒當面告訴皇甫彰，寧願將皇位傳給刻薄的皇甫彬，也不會傳給她，乖乖當副手吧。

「那不行。」準人瑞回絕，「再沒兩年我就要『瘋』了。」

皇甫彰揚起拳頭當回答。

這幾年裝病，準人瑞倒是將武藝精進不少，已經能跟皇甫彰打了個勢均力敵了。最少不會鼻青臉腫……衣服底下就不好說了。

照例打完，準人瑞翻了條皮繩串的手鍊給皇甫彰，「喏，千萬別拿下來。還有，離賀小公子遠點。」

皇甫彰無奈，繫在腕上。「我能看上那個水性楊花？等等，妳該不會又犯病吧？他真不是什麼好的！」

準人瑞搖了搖手，「得得，這種事情講緣分，我還沒見到半個順眼的。」

皇甫彰狐疑的看著她。

吃逼不過，準人瑞吐露心聲，「看到那片絡腮青，不要說下口，我都倒胃口了。」

「……妳這審美是不是有問題?!」皇甫彰受不了。

其實是妳們審美太寬廣。準人瑞都想暗彈珠淚了。

給皇甫彰的皮繩手鍊……是的，就是公子白蛇蛻取下來的。

賀小公子還是被穿越了，那位種馬如期而至。不過賀種馬的家世其實還滿一般的，改版中能夠風生水起，是因為攀附上皇室女皇甫彤。

現在呢，皇甫彤長年多病，已經算是退出交際圈，賀種馬想見面都難，何況攀附。但這傢伙不愧是改版主角，招惹了皇甫彬不算，還想方設法的要招惹皇甫彰。

皇甫彬就算了。這傢伙心裡只有權力和皇位，賀家不上檔次，賀種馬大概只會被她白玩。

但是皇甫彰個性太認真，萬一被賴上樂子就大了。

雖說女尊世界的男人沒有處男膜，卻有守宮砂。結果賀種馬得到一個祕法，可以偽造守宮砂。女尊世界也有處男情結的問題，賀種馬就是靠永無止境的守宮砂騙到一卡車的女人，一開始人人都以為是他的第一，卻沒有人知道只是之一。

照皇甫彰那種認真嚴肅的個性，「酒後亂性」一定會負責任。穿越而來的賀種馬根本不知下限為何物，下春藥什麼的一點負擔也沒有。

不得不忍痛捨一點蛇蛻給皇甫彰。這可是她看好的未來皇帝，不能開玩笑的。

本來呢，準人瑞是想左右一下賀種馬的親事。將他嫁到山南水北去，這樣還能造反真的就佩服他。

但是一打聽到跟皇甫彬攪和在一起，她樂了。

正頭痛不知道該怎麼挖坑坑皇甫彬，結果她就拉到一個摔坑好夥伴。

不但自己準備墓地，還會自己掩土呢。

準人瑞就笑笑不說話，靜靜的看他們作死。

來了這麼幾年，總是要人情往來的……哪怕她跟皇甫彬的感情其差無比。

準人瑞年年用竹子主題當禮物打發，皇甫彬嘴巴還是很刻薄，但是收到禮物總是得意洋洋，暗地裡還跟身邊人說皇甫彤雖然討人厭，眼光還是很不錯的……還知道她姐是個君子。

其實皇甫彬挨了譏諷卻不知情。準人瑞一直覺得這個野心勃勃的皇女是個標準的「志高才疏內裡空空」，非常的竹子。

跟賀種馬真是一路貨色。他們就沒想過要正道而行……不想正道也加強自己實力，比方說暗地裡招兵買馬也是條路子啊！但連這種邪路都嫌辛苦，只想賣弄些陰私小手段。

準人瑞很用心的監視他們，結果一點新意也沒有。

真的是爛大街的陰謀，準人瑞都興趣缺缺了。先給皇帝獻了個用慢性毒藥煮過的夜明珠，皇帝就愛這種玩物，把玩多了當然會開始不舒服，然後就病倒了。

之後當然是買通皇甫彰府裡的下人，將厭勝物埋在王府裡。這下就能栽贓給皇甫彰，不死也是圈禁。

這下可完美了。皇甫彤重病得不見人，皇甫彰又捲入厭勝案。除了皇甫彬，皇帝還能傳位給誰呢？

別說，雖然在歷史上這種栽贓嫁禍已經爛大街，可效果卻一直很驚人。難怪這老梗會一用再用，怎麼用都用不煩。

可惜，他們面對的是個老妖怪。而且還是個能馴養蜘蛛的老妖怪。想監視這兩貨，不過是幾隻蜘蛛的事兒。

女尊世界對蜘蛛觀感很好，是禁止殺蜘蛛的，認為「喜蛛天降」是吉兆。這真的給準人瑞大開方便之門，半打喜蛛就成了完美的生物型竊聽器了。養蜘蛛，她在行。

但是對手太老套，讓她提不起勁兒。真不懂皇甫彬急什麼急……皇甫彤「重病」，皇帝不喜歡皇甫彰，除了她還能選誰？會給她出這種一箭雙鵰好主意的……大約是沒下限的賀種馬。

賀種馬大概是發現對皇甫彬走不了真愛路線，就改走謀士路線吧？

真是物以類聚，兩個都一樣的蠢。又毒又蠢。

其實最簡單粗暴的方法就是，直接跟皇帝說完拉倒。可是皇帝多疑到快有心理疾病了。

準人瑞懶懶的執行了「夏綠蒂的網」。

這是她小時候看過的一本童書。一隻叫做夏綠蒂的蜘蛛，想要拯救她的小豬朋友，所以在蜘蛛網上織單字，讓大家知道小豬朋友是非常特別的豬，拯救了小豬的命。

沒有道理蜘蛛只會織英文不會織中文。更沒有道理忽悠得了外國鄉民，卻忽悠不了女尊皇帝。

於是開始生病的皇帝瞠目看著「喜蛛送天書」，大怒的將皇甫彬和賀種馬一起逮來。

原本滿肚子話想忽悠的皇甫彬親眼看到「天書」，嚇得伏倒在地發抖，除了認罪，一個字也說不出來。

賀種馬不愧是見多識廣的未來人，還能嚷嚷著是栽贓嫁禍，是人為訓練什麼的……

結果六隻喜蛛在他面前慢慢的織了四個字：「借屍還魂」。

差點被嚇出心臟病的皇帝，對自己的骨肉還是不忍心，當然完全遷怒到帶壞她的外人……最可氣的還是個妖男。

於是皇甫彬被送去守皇陵兼圈禁，賀種馬被大卸八塊挫骨揚灰了。

準人瑞只做了一件事情。

她進宮力勸皇帝放過賀家一門老小。她說，命懸一線之人總能看到些異象。賀家一門若枉死，恐是凶兆，求帝母手下留情，為國祚綿延永久著想。

皇帝很不高興的將賀家一門流放嶺南。之後心情也一直非常惡劣，動不動就大發雷霆之怒。

最後比原版死得還早……在後宮玩命兒折騰，皇甫彤二十，皇帝四十七歲的時候，掙命生下一女，產後大出血死了。

什麼時候懷孕，什麼時候生產，皇甫彰和準人瑞居然一無所知……解決掉賀種馬之後，準人瑞才不耐煩監視皇帝。

等人快不行了才接獲通知，準人瑞很想救皇帝，可是高齡產婦大出血加上勞心勞力的虧損掏空……除非她是神，不然救不回來好不好？

皇甫彰哭得跟傻子一樣，準人瑞抱著剛出生的小妹妹一滴淚也掉不出來。

想想她就明白了。皇帝太討厭皇甫彰了，寧願再生一個也不想把皇位傳給她。所以皇帝才會瞞得死緊，瞞到駕崩了。

這就叫做，「不作不死」。頭回見到親自將自己作死的例子，還是個皇帝呢。

叫她如何哭得出來。

皇甫彰平安登基，一點波瀾都沒有。

她心情很低落，所以準人瑞也進宮陪她，順便照顧還是嬰兒的妹妹。

準人瑞將她取名為「皇甫彪」。新皇帝罵了幾聲，卻也沒反對。

新皇帝決意守孝三年，處理完國事沒去後宮散心，卻總是來準人瑞這兒探望阿彪，和她一起閒坐。

準人瑞還是滿喜歡彰翁主的。只是她有點納悶，明明已經度過死劫，為什麼任務還沒結束……左心房五花大綁的原主也涵養得差不多了啊，到底還欠缺什麼要件？

黑貓不在實在很不方便。

現在塵埃落定，宮人又開始獻殷勤了……誰能理解被一群如花包圍的感受？

直到阿彪滿周歲，新皇帝看她太無聊，讓她去皇宮圖書館琅琊閣散心時，才終於明白。

據說，琅琊閣收藏了「盤古遺藏」。是古代神人留下來的殘片。

那是一堆黃金打造的殘片，上面的文字，已經沒有人看得懂了。就是一堆圈圈和一豎。

……零與壹。這是，機械語言啊!!

準人瑞花了不少時間破譯，結果讓她啼笑皆非又震驚。

這居然是無雙心法的一部分。她不會認錯的……要知道，已經足足練了九個任務。就算不能練也在內心一再複習啊。

當中她找到了林大小姐家的家徽。

所以，那個世界度過了壞空……代價可能很慘烈，以致於科技沒能留存。或許是因為無雙譜的特殊性，連父系社會都沒能保留，直接接軌女尊世界了。

既是無常，亦是有常。勢，也是如此。

其實都不怎麼樣。那些都無所謂。

只要還有人活著，就能貫徹兩個法則，天道就能延續下去。

當初做的第一個任務，在第九個任務又重逢了。她所作的一切，原來都是很有意義的。

她終於可以安心的走了。

* * *

皇甫彰去探望有孕的皇甫彤。

一改剛「歸來」時的乖戾和狂躁，現在她充滿柔情蜜意，眼睛膠著在身邊的兒郎拔不下來，對待皇帝都非常敷衍。

反而陪侍她的兒郎非常緊張。

真沒想到「歸來」的皇甫彤會看上那個纏足上獻的兒郎，火速愛得欲生欲死，並且毅然決然讓他當自己第一個孩子的父親。

她還真看不出到底有什麼好的。畢竟，替他醫腳醫那麼久，羅夢客都沒上過一點心不是？

其實，皇甫彰只知道她姓羅。旁敲側擊、死纏爛打不知道多久才勉強逼問出來的。有回羅喝醉了，以劍擊缶高歌，當中有一句很有感覺。

她唱，「夢裡不知身是客」。

不知道為什麼，皇甫彰聽了，只覺得眼睛火辣辣的，心酸的當不得。

「不讓我知道名字，那我給妳取個號行不？」

羅清醒了些，「賜號？用不著。」

「不是，就是個別號。我總不能一直喊妳羅。」

她想了會兒，「就妳我知道。還有，別太難聽。」

所以私下皇甫彰喊她夢客。

自從阿彪滿周歲後，夢客像是去了一層桎梏，整個輕鬆起來。沒想到她在家裝病多年，裝出了一大箱子的筆記、計畫書。

她說，黑科技不可取，百姓智慧無窮，當代擇優而取就非常不得了了。她特別選了「活版印刷」、「犁」、「水車」、「滑車」。慎重的告訴皇甫彰，這些足夠改變世界、國富民強。

還有，別太瞧不起男塾了。很重要，真的，男性占人口一半，擱置不用太浪費了。反正也不用太麻煩，她已經將規章制度建立起來，物色這個山長可費了老鼻子勁兒了，以後就看山長的了。

可以的話，拜託彰翁主久久瞧一眼就行。

「……難道不能留下？」皇甫彰低低的說。

「別鬧了，大姊。」羅嘆氣，「總不能一直將妳妹關著吧？嗯，我走了以後，小心妳妹。她是個愛情智障兼中二，為了愛情什麼事都幹得出來。」

「妳也是我妹。」皇甫彰倔強的繃緊下巴。

沉默了許久，羅輕嘆了口氣，「……對。」

幾乎是羅夢客一離開，皇甫彰就開始想她，非常想她。

要不是因為夢客，她早將一「歸來」就開始發瘋的皇甫彤毒啞了。她特別疼愛小阿彪，將她帶在身邊教養……也是因為阿彪模模糊糊還記得夢客，而且分得清楚皇甫彤不是她。

她走出皇甫彤所居牡丹苑，阿彪和非離頭碰頭的在地上寫寫畫畫，嘮嘮叨叨的念，「今有物不知其數，三三數之剩二……」

夢客淨出妖蛾子。男塾的數學課非常風行，都流行到御書房了。好像不會解幾道題，智商就非常值得疑問似的。

明明非常不喜歡男人，卻一直暗暗關愛一個撿來的小男孩。夢客實在，是非常善良的一個人。

沒把非離養在身邊，只是因為她不能長久的照顧。沒事，現在我可是皇帝，萬萬人之上，我能照顧他，替妳照顧他。

真是奇怪的人。一面對兒郎，面癱得不能再癱，只差拔腿就逃。有陣子很喜歡幫夢客開相親宴，她的反應實在太有趣。

可她卻會憐憫弱勢的兒郎。

無關風月，只是，憐憫。

怎麼辦，越來越想她。

幸好阿彪和非離都在身邊，是夢客留下來的，溫柔的遺澤。

這才覺得，她沒有離得太遠。

# 休息時間

任務結束回到空間，沒一會兒黑貓出現了。

很久沒見，準人瑞只高興了一秒，黑貓就毫不留情的咬了她的小腿。咬完恨恨的對她「哼」了一聲……就又跑了。

準人瑞望著小腿那一圈貓牙眼無言，並且非常莫名其妙。

但是很快的就被分了心。不知道為什麼，她還殘存一點女尊世界的感應。原本有些紊亂的波紋，不知道為什麼整齊了，發出一種佛鐘的莊嚴聲響，原本輕微的動盪感安定了下來。

然後她跟女尊世界的聯繫完全斷開來，再也感應不到什麼了。

搔了搔頭，感覺到很疲倦的準人瑞爬上床。

雖然說這個任務不但沒有危險性，甚至平緩的有點無聊……但是在一個三觀徹底不同的世界生活這麼幾年，還是非常水土不服的，精神面非常疲憊。

等黑貓回來時，看到的就是睡得非常沉，甚至打起小呼嚕的準人瑞。

原本的些微忌妒都嚇跑了。原本以為垮定了的支援世界，居然因為女尊世界任務完成度太高，造成一個新節點足以支撐，讓那個差點被黑科技搞垮的任務世界爭取到更多時間，修復有望了。

其實準人瑞在女尊世界只拿到一個「優異」。能讓命運線亮到快著火，是因為準人瑞久違又不令人意外的開了世界任務。

皇甫彰是個優秀的好皇帝，可以說文治武功都能留名青史。（真不愧是我憧憬的人，黑貓想。）

但她也成了準人瑞的第一「幫凶」。不但將準人瑞留下的計畫書都貫徹到底，也是在她治下，重視「工」和算學，最後成了科學的萌芽，然後如野火燎原一發不可收拾了。

再加上「男塾」的興起。甚至造成了太學（貴族學校）的借鏡，掀起了一陣教育改革的浪潮。不僅僅是為女男平權起了良好的開端和基礎，也讓教育掙脫了孔孟的束縛，間接推動了工業革命。

可以說，在皇甫彰在位的六十年裡，文明猛然推動。之後的演進幾乎提前了一千年。

以致於在非常遙遠的未來，不但保住了身為皇甫彤不知道幾百世孫的領導人，末世的影響甚至非常小，付出極為輕微的代價，人類輕輕鬆鬆的越過壞空，保留了極大部分的人口和科技文明，跨進新的紀元。

……這就是讓玄尊者很不明白的地方。

你說羅幹了些什麼嗎？其實真沒幹什麼。既不呼風也不喚雨，甚至連穩穩的皇位都故意搞丟。她不但隨性還非常任性，甚至她的完成度非常高，卻往往不是自己完成。

不知道為什麼總有些人，像是原主或某些重要人物對她萬分信服，貫徹她留下來的理念。

「別想了。」上司打電話給他，「你的腦容量……不是，你的腦洞太小，不能夠明白她的。」上司笑得很意味深長，「不錯不錯，難得看到一個能提早畢業的。等等帶她過來吧。」

「欸?!」黑貓驚嚇，「但她才九個任務！還欠一個任務才新手村畢業吧?!」

「哎呀，她這麼厲害，不用浪費時間。九為數之極，太適合了。」

黑貓躊躇，「……其實是非常缺人手？」

上司聲音一冷，「你知道太多了。」

「…………」

黑貓還是沒有膽子叫醒準人瑞。她的起床氣實在太可怕。

幸好蹲沒多久，準人瑞就被他殷切的視線戳醒。

「羅，恭喜妳從初級畢業，真正晉升『大道之初』的真正成員！」黑貓語氣盡量的歡欣。

準人瑞卻充滿戒備的看著他，「以後的任務還能更難?!」想想這九個任務當中頗多九死一生的經歷，到底還能難到什麼程度??

「難度還是差不多，」黑貓含糊的說，「只是，任務失敗想贖回，就不是新手期間那麼便宜了。」

準人瑞鬆了口氣。「不要再來孟蟬世界或女尊世界了。」

不要孟蟬，這倒是了解。體弱多病款差點把羅憋瘋。可是女尊……？

「女尊有什麼不好？我以為妳如魚得水。」黑貓納悶。

「三觀粉碎重建很痛苦的，我怕多來幾次我會精神『畢岔』。」

……什麼意思？黑貓發現自己居然聽不懂。說不定上司是對的，作家羅的腦洞你別猜。

他轉移話題，「走吧，我帶妳去見上司，並且辦些手續。」

「吭？還有手續可以辦？我不是早死了嗎？」準人瑞不解。

「妳通過考驗了嘛。成為大道之初的正式成員待遇很好的！任務滿千的高級執行者可以自由選擇，能投胎轉世，也能夠魂魄修體，積分和評價都能為未來加分的。到時候如果還想在大道之初任職，也可以考試後分發單位喔。」

準人瑞深深看了黑貓一眼。她一點也不嚮往成為黑貓這樣的夾心餅乾。被上司釘得滿頭包，還得被下屬掄牆。怎麼想就怎麼悲催。

黑貓被她這一眼炸毛了。「我也在準備考試！等著吧，將來我會成為至高存在！」

還是一樣有上司跟下屬啊。黑貓這個性……考上去有毛用。

黑貓狐疑的看著準人瑞。羅真是越來越難讀心了……尤其是有防備的時候。現在就不知道她在想什麼。

準人瑞跟著黑貓走到牆角，赫然出現之前絕對沒有的門。

呃，其實有點愕然和失望。因為那個門太普通了……她還是羅清河的房門就是這款，連喇叭鎖都一樣。

門開了。

門內泛著白霧，黑貓領頭進去。準人瑞遲疑了一下，跟著進入。

然後黑貓人立起來，漸漸模糊蕩漾，然後凝聚成一個少年。

……排骨精啊。還是沒穿衣服的排骨精。長相什麼的還另說，就是十三、四歲那種瘦得鎖骨突出，肋骨歷歷可數那款。

果然還沒成年。

玄尊者看著準人瑞揪開眼睛還懷疑了一下，下一秒他就「啊啊啊」的慘叫起來。

「我忘了！我只是忘了！這個分身太久沒變回原形啦！不要亂看！」

「……快把衣服穿上。」準人瑞深深的嘆了口氣。

司命書. 參 / 蝴蝶Seba著.
-- 初版. -- 新北市 : 雅書堂文化, 2018.02
面 ; 公分. -- (蝴蝶館 ; 80)
ISBN 978-986-302-413-2 (平裝)

857.7 107000879

蝴蝶館 80

# 司命書 參

作 者/蝴蝶Seba
發 行 人/詹慶和
總 編 輯/蔡麗玲
特約編輯/蔡竺玲
執行編輯/蔡毓玲
編 輯/劉蕙寧・黃璟安・陳姿伶・李佳穎・李宛真
封 面/斐類設計
執行美編/陳麗娜
美術編輯/周盈汝・韓欣恬

出版者/雅書堂文化事業有限公司
郵政劃撥帳號/18225950
戶名/雅書堂文化事業有限公司
地址/新北市板橋區板新路206號3樓
電子信箱/elegant.books@msa.hinet.net
電話/(02)8952-4078
傳真/(02)8952-4084

2018年2月初版一刷 定價240元

經銷/易可數位行銷股份有限公司
地址/新北市新店區寶橋路235巷6弄3號5樓
電話/(02)8911-0825
傳真/(02)8911-0801

Seba・蝴蝶

Seba・蝴蝶